佛山市藝術創作院
ART INSTITUTE OF FOSHAN
创艺丛书（第七辑）

些些往事

宝瑟余音随笔集

余福智　著

暨南大學出版社
JINAN UNIVERSITY PRESS

中国·广州

图书在版编目（CIP）数据

些些往事：宝瑟余音随笔集/余福智著. —广州：暨南大学出版社，2020. 12
（创艺丛书·第七辑）
ISBN 978 - 7 - 5668 - 2953 - 5

Ⅰ. ①些… Ⅱ. ①余… Ⅲ. ①随笔—作品集—中国—当代
Ⅳ. ①I267. 1

中国版本图书馆 CIP 数据核字（2020）第 163945 号

些些往事：宝瑟余音随笔集
XIEXIE WANGSHI：BAOSEYUYIN SUIBI JI
著　者：余福智
···

出 版 人：张晋升
责任编辑：潘江曼
责任校对：刘舜怡　王燕丽
责任印制：汤慧君　周一丹

出版发行：暨南大学出版社（510630）
电　　话：总编室（8620）85221601
　　　　　营销部（8620）85225284　85228291　85228292　85226712
传　　真：（8620）85221583（办公室）　85223774（营销部）
网　　址：http：//www. jnupress. com
排　　版：广州良弓广告有限公司
印　　刷：广东广州日报传媒股份有限公司印务分公司
开　　本：850mm×1168mm　1/32
印　　张：7
字　　数：162 千
版　　次：2020 年 12 月第 1 版
印　　次：2020 年 12 月第 1 次
定　　价：32. 00 元

目　录

形式美臆说

读引进的西方美学书，由于自己愚钝，竟越读越懵然。谈论文学，我从不敢祭出"格式塔"之类的法宝：敬而远之。但后来看了《自然与人》上的一篇文章，却立刻觉得美学和人原来很亲近。该文说，有科学家用音符来表示 DNA 某些成分，按其顺序排列，能够变成一段可以表现情绪的乐谱。不知美学家们有没有重视这种"DNA 音乐"的报道，我的神经则被拨动了。

如文艺形式问题，有没有纯形式？形式是不是内容之外的另一个东西？音乐的旋律、书法的线条、绘画的色彩，它们的美是主观的？客观的？还是主客观统一的？对此美学家们争论不休。主客观统一说似乎有理，但统一在哪里又不曾说清楚。现在，我受"DNA 音乐"的启示，觉得美应该是和生命意兴相关的。传统生命哲学把宇宙看作生生不息的浑然整体，而人和万物两者的生命活动，广义地说应是同构的。旋律、线条、色彩美不美，要看它们能否展现出某些生命活动的节律。人体内多种细胞的结构、多种生化反应等都各有节律，我相信，外在的旋律、线条、色彩，只有在其结构方式与人内在的生命活动方式同构时才显得美。这种美是最原始最基本的，是人和物共有的。以这种基本美为内容的旋律、线条、色彩，往往被人误解，认为它没有内容而被称为纯形式。殊不知纯形式就是生命活动的节律。沈尹默说，看书法作品，要通过想象而看出静态的字形中有活泼的往来不定的势，看出其神采和节奏。沈氏把握着生命意兴来论书法，实际上已说明了：似是纯形式的字幅，本身就是内容，就是书法家生命意兴的展现。

由此，我联想到文学。文学以语言媒介间接提供旋律、线条、色彩以及其他，它也是应该显出生命的神采和节奏的。宗白华讲意境，强调"生命情调"，叶嘉莹讲唐诗宋词，大谈"生命感发"，他们都精通西方美学，撷取西方精华而特别钟情于生命，总必是规律使然吧。但两位学者讲生命还未涉及形式本身的生命。对形式的研究被骂成形式主义已经很久了，而我却想试来振臂一呼：形式中含有生命内容，为创造新形式，为阻遏以"创造新形式"为名创出不美的形式，让我们从生命意兴的角度重新探讨形式吧！

1991.7 原刊于《作品》

怀念老虎

　　20世纪40年代，我曾和一只老虎同住在一个40米左右高的山岗。我们村在岗南，老虎窝在岗北。假如山岗化作一座13层大楼，则老虎和我填住址，就只有几零几与几零几的区别了。

　　村后种满箣竹，是祖辈防兽防贼的永久工事。我们进村出村一定要经过村口。大概是不愿绕路吧，老虎并不常来串门。村里人自然也没谁曾去拜访它。直到70年代，我回乡"改造"时才有幸去"瞻仰"它的"故居"。那只是个稍稍凹陷的小山崖，和《水浒传》里描写的老虎洞不一样，可见我这邻居生活还是较简朴，能随遇而安的。它迁走的时间是60年代。乡亲说是附近修水库的炮声把它吓走的。我看不全是这样。50年代末以来，森林植被遭到破坏，加上人饿急了，猎小野物也猎疯了，这无异于断了老虎的粮。它不走，等领肉票去排队买肉吗？

　　老虎肯定是以野味为主粮的。我在家乡住了一年，它只来村里光顾过一头猪。那天深夜，大叔的猪一声惨叫，给老虎叼走了。紧接着，人们便在月光下自动聚集起来，提供着有关的见闻，做出种种猜测。在一向枯寂无聊的生活中，这是一服多么强烈的兴奋剂啊！第二天一早，十多个壮汉便追踪着老虎脚印，把吃剩的半边猪捡了回来。于是，我也吃到了这猪肉。和老虎共吃过一头猪，说起来本是很够威风的，但假如上纲上线，则又似乎牵涉立场问题，因此我以前未敢张扬过。

人吃惯家畜，便去寻野味吃。老虎来叼猪，也是想变变口味而已。那次叼猪后，它还来过三两回。由于防范森严，它也就作罢，没有发"穷恶"搞破坏，想来现在一些窃贼进屋寻不到钱财，便毁坏电器来解恨，其品质比老虎坏多了。有位婶子说，她窥见老虎用屁股撞她屋门。大家分析后一致指出：老虎也要搔痒的，绝不是存心破坏；不然，一扇柴门人都可以撞开，何况老虎！

和我同住一岗之虎是不伤人的。有个黄昏，一位老婆婆在村外和它狭路相逢。惶急之中，她半屈着膝拍大腿，嘴里喃喃念着："不慌，不慌……"老虎看了她一会儿，便转身走了。她回村后，到处"传经送宝"，说拍大腿可以吓走老虎。当时我还小，居然多少相信了她。后来我才在书报上看到，老虎只在三种情况下伤人：一是遭到人侵犯之后；二是它处在极不顺心之时；三是已吃过人而且觉得味道不错。可见，老婆婆的"实践经验"未必是真知。此后，我凡遇到偏执于"实践出真知"而否定书本知识的头面人物，就定会想起这老婆婆，而且想请这些头面人物逐一到野外去和老虎打个照面以取得真知。

老虎不伤人，我就巴望老虎进村。过后谈虎固然够刺激，而将到未到时的虎威尤令我快意。且看：那些平日倚门而吠、龇牙咬人的黄狗黑狗公狗母狗们，远远嗅着虎的气息，便呜呜咽咽叫得像猫，身子蜷缩，足不成步，跌撞进门，钻床底匿椅下。在乡间，后山有虎，只限制我到村外的自由；而黄狗黑狗公狗母狗们却在村内到处威胁我。我恨透了狗，狗的悲号怎不令我快意？想来我之怀念老虎，大半出于恨狗。

后山的老虎迁走了，不知它现在可好？倘若能得到一张它的全家福彩照，我一定放大了挂在书房里。

1993. 6. 6

下　棋

　　四岁，是吃和玩的幸福年代，我吃没吃出什么名堂，玩却玩得受益不浅。

　　完全要感谢父亲，因为父亲"引诱"我下象棋。马行日，象行田，车横冲直撞，炮可以隔子"吃"人，卒仔过河又当车使，太有趣了！看到我津津有味，父亲又演示双车如何去抢士，有马怎样入卧槽，有炮则想法立空头，然后用车或兵去"压扁茨菇"；再进一步，连炮士破双士、匹马擒单士的谱也被我记熟了。那时，我真有点诸葛孔明准备出山的架势。

　　而且机会也来了。十岁左右的表哥跟着大表姐来我家暂住，棋盘自然就摆在我和表哥之间。我满怀信心。但不幸，我的炮立不了空头，车抢不到士，马也无路可入卧槽，不一会儿就连输两局。我大哭。大表姐经过一番调查研究，威严地下命令：以后下棋一人赢一盘！

　　从那时算起，论棋龄，我超过半个世纪了，只可惜论棋艺依然是半桶水。但醉翁之意不在酒，父亲教我下棋，其原意也就并非想我当棋王。我所得之益是灵活的思路，看问题能多预想几个可能性，而且知道能记住原则和实际运用原则并不完全是一回事，有时颇能独具冷眼，要具体问题具体分析。

我用了下棋的冷眼旁观现在所谓的"《孙子兵法》热"，觉得实在有趣。有些朋友以为熟读了《孙子兵法》，就可以掌握许多"商业战"的原则，从而无往而不赚大钱。我不知这些朋友想过这么个问题没有：两个同样熟读《孙子兵法》的统帅率军对垒，谁赢？要等待个权威来下令"一人赢一盘"吗？

曹操详注过《孙子兵法》，而被曹操打败的袁绍，把曹操打败的周瑜，同样熟读《孙子兵法》，他们之间的输赢只系在兵书所强调的"奇正之变"四字上。所谓"正"，就是原则；而所谓"奇"，则是指原则的组合和变通。谁组合和变通得更好，谁就赢。中国的智者特别重视从整体把握对象，深知一切原则都不可能单独决胜。这就有如下棋，炮士可破双士，而马士则通常无奈双士何；等到或马或炮落单而要去擒单士时，则单炮又不如单马可操胜券了。中国古代从不建立公式，在一定意义上可算是个优点。中国智者太重视整体和动态了。整体无时无刻不在变化，所谓"世事如棋局局新"，哪能有公式？当年有位老将曾劝岳飞多学一点阵法，岳飞只回答说："运用之妙，存乎一心。"

熟读《孙子兵法》可以出岳飞这样的人才，但更多的是出了失街亭的马谡。

马谡之所以败，是因为不懂得"运用之妙，存乎一心。"一个只希望人家照棋谱走，以便自己按棋谱去杀棋的人，是永远下不好棋的。

1993. 6. 13

打　寨

　　我幸亏出生得早一点，还见过"打寨"。

　　"打寨"，是我家乡到 20 世纪 40 年代还流行的一种结婚仪式。最初听到要"打寨"，我真担心仗又打到身边来了，但经大人一解释，不但顾虑全消，而且日夜盼望快点"打"。

　　准备挨"打"的"寨"是"女屋"——村里未出嫁的姑娘们自由聚合的集体宿舍。"情报"自然早已得到，因此姑娘们守寨的东西也早早配置好了：靠门的几箩石块和近床的一列长竹竿。她们很兴奋，和当今少女们期待演出差不多。

　　来"打寨"的是新郎及其"兄弟"们，他们只带防卫性"武器"：竹箩。

　　"人约黄昏后"永远是浪漫的，"打寨"也从黄昏开始。男方队伍一出现，女屋里便一片哭骂之声。接着，"炮击"开始了，石块如飞蝗般掷向对方。男子汉们一面闪避，一面以竹箩护身步步进逼，惹得姑娘们更密集地"射击"。不久，女屋"弹尽"，门外"开阔地"宣告失守，所有姑娘都退到床上，站着，把新娘围在中间，拿起长竹竿，对门前闪现的男子乱捅乱扫。哭骂声更凄厉了，很悲壮，完全是一副背城借一的样子。但已经受了"弹雨"锻炼和考验的男子汉们，即使腿脚负有轻伤，也不怕什么"枪林"了。他们发扬连续作战的精神，做着各种冲锋的尝试，终于突破了防线，把又哭又喊的新娘"抢"过来，背起就跑。这时，防寨者也一起放下武器，绝不肯追击，把"苦难的"新娘抢回来永远看管。

这种仪式，有人以为是古代普遍实行"抢劫婚姻"造成的遗习。恩格斯却在其《家庭私有制和国家的起源》一文中，对苏格兰学究麦克伦南的"抢劫婚姻"论予以驳正，说这人是例外，有其事而不普遍。我相信恩格斯的说法，因此认为敝乡的"打寨"从一开始就只是愿打愿挨的戏。在男女交往十分不自由的时代，借机演这么一幕戏是可以发泄好些郁积的情绪的，姑娘们掷石搠竹时的心情真不足为外人道。

斗转星移，20世纪70年代我重回故乡，非但看不到"打寨"，连提起它的人都没有了。村里嫁女时，只见对面山前驻着一支单车队，新郎带几个人昂然而来，不久，就带新娘走了。只有新娘一出家门便高声哭喊这一点，才使我依稀记起"打寨"的情景，并由此想起一句《诗经》上的话："女心伤悲，殆及公子同归。"文学史家说，女心为什么伤悲？是因为受公子压迫。对此，我总不信服。出嫁姑娘的伤悲明明是用来表示对父母、乡亲、故土的依恋的，须知在旧社会，出嫁年龄一般都不到16岁。文学史家生活在城市，看惯照相馆橱窗里披婚纱、笑眯眯的倩影，对农村风俗有隔膜了！假如我们听信了文学史家的教导，看见女心伤悲，便唯恐她受压迫，齐心合力把她拉住不让嫁出去，岂不是天大笑话！守寨的女郎尚且知道该怎么做呢。

　　"打寨"的情景虽在脑海里历历可见，但"打寨"的喧闹声却永远听不到了；即使让张艺谋来发挥其导演天才，搬上银幕后的场面恐怕也很难原汁原味了吧。

1993. 7. 11

尚方宝剑

小时候喜欢跟大人去大戏院看大戏。1940 年左右的香港，粤剧名角荟萃，大戏院生意很好。

大人看戏，眼光在戏台上；而小孩子如我者，注意力则多在台下。台上演员高声地唱，台下也有人高声吆喝："叉烧包！""新鲜虾饺！"名丑半日安反串恶家姑，令大人们恨得牙痒痒，而各式点心则馋得我牙痒痒。大人自然"识做"，于是大祭"五脏庙"，求得相安无事。

吃腻了，环顾左右，往往看见女观众们在揩眼泪。我想不通：都说看戏好玩，为什么哭起来？再看台上，原来那旦角也在哭。哭有什么好？讨厌！长大后读书，知道鲁迅小时候看戏讨厌老旦，想来我比他更彻底：凡旦角都讨厌。

我只喜欢看"打"。开头不管谁打谁，反正看得眼花缭乱就过瘾。后来也看出了点儿门道，知道应该拥护那头上竖雉鸡尾、背上插旗子、腰侧挂宝剑的大汉。从大人口中听到，那是元帅或将军。这雉鸡尾、旗子和宝剑给我的印象深极了，它们简直就是"威风"两个字。小孩子谁不想威风一点儿？雉鸡尾和旗子一时半会儿得不到，宝剑则在戏院门口地摊上摆着卖，和沙炒栗子摊档并排。终于有一回我发了狠，宁可不吃沙炒栗子，也要大人买宝剑给我。那宝剑自然是竹制的。又听说宝剑中以尚方宝剑为最了不起，是皇帝赐的，可以先斩后奏，于是我便认定自己这一把是"尚方宝剑"。大人不在房间时，我就舞起这把竹制"尚方宝剑"，过一过类同于有先斩后奏权的元帅或将军的生活，嘴里咿咿呀呀地学着唱。唱的大概是"朝臣待漏五更寒，铁甲将军夜度关"，但也可能是"大王唔食辣椒酱，大豆芽菜炒猪肠"，而且好像用的是戏台官话，可惜年代久远，如今记不清楚了。

但元帅或将军的威风却是记得很清楚的。记得有一年，一个非洲国家艺术团曾到我国演出过一幕民族英雄戏，台上演员当然没有插雉鸡尾之类的配饰。他们拿着棍子就如在街上追贼一般地打。一对比，我就为中国的传统戏曲感到骄傲。我们戏剧中的元帅或将军打着打着会来个定格，"关目"一番，拿雉鸡尾甩两甩，艺术意义上的威风就如天风海涛般扑面而来了。

可能是看大戏印象太深的缘故吧，我总觉得有的文艺理论书籍并没有认真讲文艺。有些所谓的文艺理论家，俨然拿着文艺批评的"尚方宝剑"，动不动就责问文艺作者："生活难道是这样的吗?"好像文艺作品必须什么都和现实情况一样才算"现实主义"。按这理论，头竖雉鸡尾背插小旗只能算是"歪曲现实"了，历史上哪位元帅或将军曾这样打扮着上阵的? 我从旁看去，只觉得那些理论家和小时候的我一样，不过是在舞弄从戏院门口地摊上买来的竹制尚方宝剑。

1993.7.18

说　牛

先父曾说起，有位教他"国文"的老师很有名士派头，诗词文章写得多、快、好，只是如有学生问他作文改了没有，他必摇头。有人打趣说，谁想找回自己的作文，最好天天尾随他上茶楼，翻翻他擦椅的废纸，总有一天会找着。期终考试，他在黑板上写两个大字：说牛。下注一行小字：不得超过二百字。

现在的记者、作家时兴说"挖料"，其实学生何尝不要"挖料"，只是坐在课室中或者卧室里，纵使把天花板和地板都看穿，也决然"挖"不出与众不同的"料"来。先父当时叫我也试试写《说牛》，我想了想，并没有什么好说的，便推说日后再写吧。

不料日后真有可写的"料"，但写出来已不能呈父亲过目了。

话说在那噩梦般的时代，我在学校农场放牛，放的是一头母牛和它的幼子。

放牛便认识放牛人。邻近生产队有位专职放牛的独眼社员，对牛真是名副其实地了解，只略一凝视，便说："这母牛很调皮，它会用角绞断绳子逃跑的。你要把绳系短些，让它的角够不着。"我依着做了。回头看着那牛在苍蝇围攻下四蹄暴跳，我也难受。而它还瞪我，眼光中充满恨意，好像在说："总有一天我要报复你。"

小牛也替它妈妈出气。它没穿鼻，虽有笼头，但蛮起来我也扯不住。它一高兴便扬长而去乱踩乱吃，毫不怜悯我担着"有意破坏"的风险。

终于有一天出事了。中午系牛时，我忍不住略略放长了牛绳。仅一顿饭工夫，它们母子竟结成最佳拍档，已吃去半块田的嫩禾。那母牛斜眼看着我，并不逃，待我走到伸手可及的地方时，它才跑，跑几步，又低头吃，一副"睬你都傻"的神气。如此三番几次，耍够了我才作罢。我系了它便赶快去告诉独眼社员。他一听也慌了，快步随我到现场。那母牛见到我们，竟愣着一动也不动，似乎也意识到自己闯了大祸，惶惑不安又懊悔不已。独眼社员想了想，说："你回去说，是邻村的牛来吃的。我给你证明。"我还未置可否，他又正色大声说："你要咬定，不能松口，到哪里去都要这么说。快回去报告，别让他们先看到了。"

一场灾难轻轻消弭了。奇怪的是，那母牛竟从此再也没闯祸。我至今还回忆得起它那惶惑和懊悔的神色，觉得它比独眼社员称为"他们"的那些人还有人性。因此，我作《说牛》，就不用瞪眼向天花板或地板"挖料"了。

至于那小牛，后来穿上牵鼻绳，就和我当时一样听话。

1993.7.25

异乡回忆

　　20 世纪 50 年代时我大学毕业，分配到庐山脚下鄱阳湖边的一个小县。抗战期间，曾有一支广东的士兵在这一带浴血苦战，最后全部壮烈牺牲。当地老百姓提起他们都心怀崇敬。我受这些同乡庇荫，虽没有得到"让利酬宾"的优待，但没有遭到什么特别的"挑剔"。我知恩必报，言行尽量谨慎，连说话发音也不敢大意，舌头该卷便卷，舌面该伸便伸，绝不偷懒，生怕丢了广东人的脸面。

　　但还是少不了引来些好奇的询问。在县城还好，一下乡我就忙于招架了，有的问题还真不容易回答呢。

　　比方有一回，有人问起广东女人为什么喜欢赤脚或穿拖鞋。我从来没研究过这尖端问题，幸亏当时还算机灵，一看周围的女同胞都穿鞋踏袜，只有头颅和指掌直接接触空气，大多还拿着鞋底在一锥一绳地纳，看人也不大敢抬头，便知道这道理一下子不好说，只能漫应一句，说是广东天气热的缘故。我想，要是当时直说"你们这里以为女人遮蔽的部位越多越好，是一种封建意识；而那位对你们报告广东女人露脚跟的老兄，显然有点邪"，恐怕就很得罪人，连晚餐都未必有人招待了。

还有一回，当有人把我介绍给一位"长"级中年人时，他立刻兴奋起来，对着大庭广众把"广东人吃活老鼠"的传说讲得天花乱坠，好像他是个"广东通"，而我倒像是从老鼠洞钻出来的乡巴佬，正求他开导似的。人们把眼光移来移去，看看他口沫横飞，又审视我是否默认。要是等他说完，大家四面来"将军"，我就真不知该"坐起"还是"撑士"了，好在酒菜上得及时，一杯陈年米酒敬上去，堵截了万千烦恼。

把"吃活老鼠"栽在我头上的事只此一回，而逼我承认广东人吃"血淋淋的鸡肉"的事却时有发生。想来是因为上文提及的那支广东部队驻守该地时日稍长，战役开始前，兵哥们发了津贴，大概常爱"撊两味"，而当地人对其中骨髓仍红的白切鸡印象特深。对于这类质询，我很耐心地解释，试图说明刚熟的鸡肉如何嫩滑。只可惜当时正值"困难时期"，连鸡毛也很难见到，否则我就做两只白切鸡证明了。不过，也幸亏当时没有鸡，因为我在家只吃妈妈做的白切鸡，自己从未动过手，自己动手一做，可能正好证明"血淋淋"。

现在，白切鸡成为家常菜了。每每吃白切鸡时，我总记起那支广东部队，记起我曾登上他们义无反顾地殉国的东牯山，只觉面前纵横交织的战壕，仿佛顽强地刻写着一段史话：这里只有阵亡，没有讨价！

1993. 8. 8

作文谈趣

　　鲁迅说："文章而至于要做，其苦可知。"按他的意思，文章只要写就行。写和做有什么区别？"写"是把心中所有的意思表达出来。"做"是对自己没研究、没注意因而没话好说的题目，硬拼凑一些文字，成为文章。打个比方，写文章如母鸡生蛋，做文章则如要逼子鸡生蛋。

　　写文章的本事人人都应有，所以中小学便规定要进行作文训练。而中小学生提起作文，大都觉得是件苦差事。其苦的来源就是因为要"做"文章。比如出个题目：记一件好事。老师就发指示，把"好事"的标准定明，甚至为"记好事"确立一个模式。虽然老师也让学生自己去找题材，但是合标准的"好事"一时是很难找到的，于是这文章就不得不"做"。往往是大家一齐说拾到了钱包，仿佛大街上进行过一回掉钱包比赛。

　　"做"文章的确苦。虽然老师已出示模式，但是那只是个大概，有许多空隙还得自己动手去填。填空隙最好是用套话。在我小时候，社会上许多文章开头都是"光阴似箭，日月如梭"。我也就不管三七二十一，也拿来用作自己作文的开头。假如当时有人问我，那"梭"字是什么意思，我是万万答不出来的。

　　有没有办法把作文的苦变成乐趣呢？我想是有的。记得三十多年前，我刚从大学毕业，被分配到一所学校任教。当时，我不知天高地厚，有一回，竟对所教的初二学生说："这次作文只要求写出小时候的一件趣事，写得生动就行。"结果那次作文异彩纷呈，其中一篇让我印象尤深。一位学生来自山村，他写的内容大致是：有一天听说夜里要演戏，几个小朋友便聚到通常搭戏台的地方等。不料等足一天也不见搭台。黄昏时分，却见两个人扛了部机器来，把布幕一挂，白闪闪的。小朋友缠着那两个人问这戏没戏台还演不演得成。人家只笑着说，"一定有戏看，莫急"。后来，布幕上果然出现了图像，有人，还有房子和树林。怪！赶快跑到幕布后去看……写得童趣盎然。我现在给他转述，已经记不起他本人那极本色的儿童口吻了。倘若当时保存下来，现在修改、润饰一下拿去投稿，大概也能得编辑青睐。它一定比说成人话的"儿童文学"还好看。

　　作文，假如能调动兴趣，就不是件苦事了。"兴趣是最好的老师"，这话不假。任何中小学生，其实心里都有许多事想告诉人，老师引导得好，学生对作文就会培养出兴趣。有了兴趣，就会自己去琢磨，使其文字功夫渐入母鸡生蛋一般的自然佳境。而假如老师硬要天真活泼的青少年写成人化的题目，还要按老师的格式"做"文章，那就等于逼子鸡生蛋了。

1993. 8. 29

夜宿庐山

夜宿庐山，我觉得住牯岭不够味。

牯岭是城镇，到处是楼房、马路，和其他城镇的格局没大差别，只是一阵一阵的雾气夺窗而入，稍稍与众不同。但如你住进高级宾馆，则连这一点特别的感觉也失去了。夜宿庐山，选择住牯岭是不明智的决定。不过，如果我现在重游庐山，那也只能作此下策的选择，因为先前的条件消逝了。

我所说的"先前"，是指三十五年前。那是个大家都在"发高烧"的时代，我正在庐山脚下当语文教师。其时兴"集体备课"，张三说"必须讲大办钢铁，你看大家连铁门、铁床、铁锅都砸烂来炼钢了，多么动人"。李四说"不联系农业'放卫星'不行，稻谷在田里长成绷丝床了，人都上得去翻筋斗，这是教育学生的好材料嘛"。王五又说，"美帝国主义亡我之心不死，世界上三分之二的人民生活在水深火热中"……然后是陈六、赵七、吴八，不断"补充补充"。虽然他们都很谦虚，说是"不一定对，谨供余老师参考"，但是如果讲课时漏了谁的"意见"，可能就成为"政治态度"问题了。这语文课还怎么教？不过，那时的发热并非"君子"型，不但动口，而且动手：要"闹教育革命"。于是，我就看准机会，赶忙逃出课堂去"闹"。

"教育革命"最要"闹"的是"与生产劳动相结合"。学校要办竹器厂了。消息一传出，我就自告奋勇地率学生上庐山砍竹子。学校领导见我饭也吃得，路也走得，担也挑得，便答允了。

山林管理部门指派我们到庐山的"螺蛳笃"去。那地方名副其实，是个窄小的锅底地。当夜，我们没有帐篷，只点起一堆篝火，轮值看守，其余横七竖八倒头便睡。耳边有隔山飞瀑和近处溪涧协奏，还有草虫和鸣；而竹子也不甘寂寞，时不时地投入一串沙沙的乐韵。从前读《庄子》，不知"天籁"为何物，现在领会了。仰卧眨着眼看夜空，觉得星星也眨着眼看我们。看我们在干什么？我们其实不知道在干什么。倒过来问，星星在天空干什么？也不干什么，只是在天空眨眼。世事原有许多是问不出所以然的。问不出就别去问，只去领略天籁的舒徐，山风的清爽，浮云的潇洒，完全忘却世上还有张三李四一干人等的存在，不也是大乐事了吗！至此，我知道李白为什么"一生好入名山游"了。

"螺蛳笃"实在诸多不便，管理部门后来"开恩"，将我们调到另一处。那地方住有一户人家。那家人主动安顿了我们，连门板也统统卸下来做床铺。饭后，主客便在不曾散尽的禾秆炊烟和辣椒香味里谈天说地、续水斟茶。而透过洞开的大门望去，对面青山如壁，山尖上悬着一把镰刀似的残月，四下松涛声声不绝。这时，人世的冷暖就只能由各人自己品味了。

很难有同样味道的夜宿庐山法了吧？

1993. 10. 10

啊，庐山瀑布

　　读过"飞流直下三千尺"的诗句，自然向往庐山。大学毕业分配时，我刚好被分到庐山脚下、鄱阳湖边。其时正值 50 年代末，双剑峰前瀑布的轰鸣，夜夜声传二十里，时时撩我披衣而起、凭窗眺望。这远在二十里外的瀑布，像一缕银光，在月下看得分明，凭此便可知其雄伟无比了。可惜那银光在近一二十年已消失了。

　　想当年，几个年轻教师初来乍到，兴高采烈，找个星期天，立志寻到瀑布脚下，膜拜这一片"银河落九天"的壮丽。然而越走近越看不见瀑布，峰回路转，路尽只有怪石荒岩、茂林丰草。我们恨不得马上披荆斩棘，但一问人，都说还有好几百米距离。怅然回到县城，只带回一个要到瀑布脚下去的梦。

　　一晃二十多年过去了。1985 年我旧地重游，去探访住在离瀑布不远的秀峰寺的一个朋友。汽车绕着庐山行驶，我望着窗外，想象着即将跃入眼底的瀑布风姿：它如壮士舞剑，又似婵娟鼓琴，奔流洒落，却不乏诗文情愫。想着想着，忽见不远的一座山峰悬下一丝细水。我大吃一惊：原来这里有一座瀑布，我从前怎么没来过，甚至没听说过？正惊奇间，车停了，司机大吼一声：

"秀峰到了！"真无异于五雷轰顶。下车来细看，双剑峰如故，而那道直下的水流已飞不起来，在裸露的紫褐色山崖里"垂头丧气"，差不多变成半死的"白蛇"了。须知这是雨水丰足的盛夏啊，庐山瀑布，你往日的翻滚呢？你往日的咆哮呢？你本应如剑招之连绵，你本应如琴韵之铿锵，而看你今天的样子，谁还会"疑是银河落九天"呢！

友人告诉我，由于庐山上用水量大增，加上森林面积减少，瀑布的水源渐趋枯竭了。他说得我们两人相对黯然。但忽而他眼睛一亮，说："现在已经修了路直达瀑布脚下了，你何不去圆一圆那二十多年来的梦呢。"于是，我去了。我站在崖下，抬眼，只见一片薄薄的白缎子，在空荡荡的石壁上，作着三两米幅度的飘扬；水头落下，"吧嗒吧嗒"作响，也只和普天下的小瀑布鸣奏着同一音域的曲子。我待在轻微的水雾中凝想，要是当年我真披荆斩棘地来到此地，即使不被激流冲走，也会给轰隆呐喊有如伏兵四起发起冲锋的气势所震昏，哪能像今天这样无动于衷呢！

啊，庐山瀑布！真希望你以蓄千古灵气之躯，奋宇宙精华之力，重新爆发不息的雷霆，泻下无数白盔白甲的天兵，持劈山斩石的青剑，撬起这一路的石阶，掀翻这一路的亭子，回复这一带的荆榛，甚至添几只恶狼猛虎，让人们都只能怀一个拜倒于你脚下的梦。

1993. 10. 17

重读"木马计"

抗日战争时第一次从大人口里听到"木马计",很为希腊人高兴:十年攻不破特洛伊城,靠了一条"木马计"竟易如反掌般取得最后胜利。那时,我家乡只有些装备甚差的地方部队在抗日,而活动在我家乡一带的日本兵虽非主力部队,但也是用小钢炮、重机枪等武装起来的。从武器装备上这么一对比,人们还看不到抗战胜利的前景。于是,我就常想能不能也用木马计打到东京去。可惜,还未等我制订实施方案,日本天皇已签署投降书了。这样便失去了一个让第二位荷马写史诗讴歌的机会。

后来,战争已成了遥远的过去,"木马计"不大提起了。读大学时看《荷马史诗》,只是跟着教科书的观点到作品中找证据,脑子像被遥控了似的,按模式筑思路,心底却掀不起任何波澜。

工作后和外国文学拉开了距离,三十多年后的今天,才偶然又翻看一遍"木马计"。这回看得心里只有悲凉。照《荷马史诗》讲,特洛伊战争是神们一手炮制的。三个女神因为要争个"最美"的荣称而闹起矛盾来。她们所居的神山当时还未拉到赞助搞选美,审美专家们又信息不灵,没有及时去投效神王宙斯。宙斯自己没个主张,竟把裁定权独独交给一个凡间的特洛伊王子。三个"冠军争夺者"之一的维纳斯因为有管"美"之便，十分慷慨地许诺给那个花花公子找一位绝代佳人，经过"权—权"交易，戴了桂冠。其他两位佳丽——神后希拉和管"智慧"的雅典娜深感不忿，便支持希腊人进攻特洛伊城。维纳斯自然绝不相让，便演成了各有一批神作后台甚至直接卷入的希—特十年战争。两国的将士民众，一时为得胜而喜，一时为挫折而悲，却都没悟到自己正被神们耍弄。双方最了不起的英雄相继阵亡，在神的眼里，却不过像死了三两只画眉或蟋蟀，至于尸横遍野的普通人，更不屑一顾了。

想到这里，我对"木马计"已兴味扫尽：既然战争的胜负只是两派"神"间较量的结果，人间历史上有无施用"木马计"又何足计较呢。

撇开木马计，我便去想其他的问题：神们自己闹矛盾，为什么要以千百万生灵来血祭？宙斯究竟凭什么做王？为什么他连三个女神也管不住，竟任她们翻江倒海？荷马是不是在告诉我们：神山也不是块干净地？

想了许久，想不出答案，看来有赖读者开启我了。

1993. 11. 7

木头公仔

"木头公仔"，是我家乡对木偶的称呼。半个世纪了，家乡的"木头公仔"戏班早已散尽了吗？

半个世纪前，苍城一带的人们每逢过年，大戏班不易请得起，便请"木头公仔"戏班。这些戏班多是业余的，平常日子销声匿迹，就像龙船要等端午节前才从河滩下挖出来一样，它们也要到年底才出现。那时，村村搭戏棚，有些大村落还搭至七八座。戏棚下方用布围着，让外面不能一眼看到里面。围内三几个人敲锣打鼓拉响琴，其他几个人负责把穿戴整齐的木偶举到布幕之上露面，自己嘴里唱曲词，念道白。白天演出采自然光，晚上也只点两三盏汽灯；所需费用不多。木偶的穿戴也无须太讲究，比如今天这个木偶这身穿戴表示它是岳飞，明天同一个如此装扮的木偶却可以是黄飞虎，后天它兴许又是吕布了。假如班主肯下本钱，就每年给木偶朋友们轮流更新一些服饰，悭吝些的便实行十年一贯制。

居住在城市，拜年是件"时间紧任务重"的大事，家长做动员报告，往往要特别对小孩子进行"一切服从大人指挥、走路不怕累"的教育。但在家乡，却时间不紧任务不重，年初四之后，小孩子们尽可以变成脱绳猴子，呼朋唤友，走村过寨去看"木头公仔"戏了。

鲁迅说受不了锣鼓咚咚喤喤之苦，所以特别回忆起远远地看社戏的情景。我不像鲁迅有出息，每游到一座戏棚前，便排除万难，硬从大人的大腿丛中夺路而进，直抵台前仰头看戏。我看有些戏很投入，《岳飞退金兵》《黄飞虎反五关》这些戏都是我爱看的。木偶的脸虽然始终如一，"也无风雨也无晴"，但故事在展开，演员台词念得有感情，乐曲制造了情绪氛围，这段衣冠木料便栩栩如生了。不过，假如台上演的是"吕布戏貂蝉"之类，小朋友们不感兴趣，就会一哄而走。反正东方不亮西方亮，好戏连台，哪台好看看哪台。

待到各台都已曲终人散，我们有时还不急于回家吃饭，便会玩出新花样来。一天，有人提议钻进幕内去看看。大家应和一声，恰如武侠小说所写那样，身形一闪，就都进去了。里面只有十来个木偶当主人。有的没卸装；有的卸了，另披一幅布；有一个却赤条条。我看得真切："木头公仔"的躯干只是一段发黑的木头！木偶们无声无息，无光彩无活动，已经完全失去演出时那种生命感，以至于小孩子也不怕冒犯它们。有个最精灵的小家伙大步上前，想去试举"貂蝉"，正眼也不看旁边那"三英"都战不过的"吕布"。倒是我们的"阿哥头"厉害，他先是一声大喝："别动！"继而解释说，别看这是些木头，它们都有灵性的，戏班中人都要先拜过才敢动它们，否则……这位"阿哥头"并非大人指定的或大人安排好通过合法程序选出的领导，他只以其见多识广自然地成为我们的首领。大家都真正服他，觉得他那"否则"

后面极其可怕，因为他"否则"完歇了好一会儿才用一个"哼"字来结束训示。于是，再没人敢去尝试舞弄那些木偶了。

没舞过"木头公仔"，我不遗憾。遗憾的是，自打那回进过后台，以后看黄飞虎、岳飞什么的，总像看穿了衣衫，直看出那段发黑的木头。

我真后悔进过后台，看过"木头公仔"赤裸的形象。

1993. 11. 14

逃避观音桥

竟至要逃避观音桥，实在可悲。

记得 1958 年首次在观音桥上、桥下、桥头、桥畔徘徊很久，真可算心潮澎湃：世界上竟有这样美好的风光，中国古代竟有如此精巧的建筑！

转过一个山坳之前，同行的学生就说："余老师，再走十多步你就可以看到世界第一的好景致了。"我在半信半疑中一拐弯，真的呆住了，只见苍翠的参天古树中，掩映着一座白色石拱桥。桥的两端，一端是"天下第六泉"，另一端是座观音阁，世俗和超脱刚好被它连接起来。清涧从桥拱穿过，涧上石岩经历千年万载水涨水落的冲刷，打磨得像大大小小的牛牯耸起光滑的脊背任人骑坐。这些"牛牯"高低错落，大树在它们之间长出，亭子建在它们背上。于是，绿树之间有红亭，红亭之间有绿树，红红绿绿，立体交叉，映衬得石拱桥更加幽娴庄重；而桥畔的淙淙流水和百鸟啁啾，又衬出石拱桥的安详与稳健。

观音桥建于宋代，由 105 块各重一吨的花岗石凹凸相楔而成，桥面平整得像厅堂一样。它横跨庐山最大的栖贤谷。山洪暴发之时，99 条涧水涌过来，活像一群困兽猛然闯破牢笼争先夺路，奔腾咆哮着，撞击厮打着，其势头不亚于长江三峡水，于是这涧便叫三峡涧。而这桥建起之时，桥头还未有观音阁，所以它原名只叫三峡桥。三峡涧多有特大山洪发生，但观音桥始终没把它放在眼内。

当年的观音桥真值得流连忘返！

然而，在20世纪70年代中后期，我听说观音桥畔的树已被砍光了。因此，1979年在我上庐山游玩时，就故意绕开观音桥，可我从含鄱口下山时，仍能俯瞰到它。我只瞥了一眼，就心疼得忍受不了了。那座瑰宝孤零零、赤裸裸地在夕阳斜照里横架在怪石嶙峋的溪涧上，如一片被玷污了的玲珑玉版，被弃置在垃圾堆中。

据友人来信说，80年代初，县里怕观音桥承受不了拖拉机、汽车入山的压力，便对其实行检修。及至翻开桥面，才知里面的铸铁卡子安装工艺水平极高，假如谁动了它一下，谁就会因无法复原而成了千古罪人。大家只好赶快铺回桥面的石块。结果是连桥面也复原不了，桥面不但失去原有的平整，而且开始渗漏了。渗出的是观音桥的眼泪啊！建桥970年来，它没流过泪，现在流了，我怎忍心看它流泪？我怎能不逃避观音桥！

1993. 11. 21

雨　趣

　　下雨，假如不觉得讨厌的话，就可能觉得有趣。

　　读小学时，还未听说过"太阳每天都是新的"这句古希腊哲学家的名言，所以以为每个晴天之间没什么区别。觉得生活单调了，就盼望下雨。雨是多变的。有毛毛雨，像给景物披一袭轻纱，飘飘扬扬，动感十足；有"一条线，两条线，飞入河中都不见"的雨，密一阵子，疏一阵子；有过云雨，碰上好机会，可以在没雨的一边开心地看有雨的那边人们的狼狈相……而最有趣的是在课堂上感受外面世界由远而近的倾盆大雨：课室中的一切逐渐变得古怪起来，仿佛有个巨大的幽灵没收了太阳，把我们装进笼子，外面还盖一幅灰布。同学们神色或兴奋或紧张，随着每个闪电惊雷，都有人惊呼乱叫。老师的讲课给打断了，却也不好责备谁。这是晴天里绝对没有的好事。雨点噼里啪啦敲打一顿之后，便听得操场上万壑交流般的水声越来越雄壮，于是就想到放学时可以高卷裤管跳进水淹及膝的沙池……

　　自 20 世纪 50 年代末参加工作后，有很长一段时间我在庐山南麓陶渊明故里一带劳动。那里是一片平平的湖岸，但不远处便有骤然耸起壁立千尺的高峰，占住了半边天。每当暴雨来临、白日无光之际，只见从山峰到山坡到处都乌云滚动，有些如队伍，有些像散兵，都在急行军，仿佛有个霸主，正在调动百万雄师，准备发起总攻。看那乱云飞渡的势头，可知山上风势不小，而身边却枝不摇、叶不落，完全是副兔子遇虎任凭发落的样子。此时，人站在旷野，清楚地认识到自己只是偌大空间中一个微不足道的小点，也就扮不成"悠然见南山"的陶渊明，只能从记忆中掏出鸿门宴上樊哙的"如今人方为刀俎，我为鱼肉"的一句话，世界变得恐怖了。然而，恐怖中细细一想，假如安安稳稳地坐在房子里，能得到这种恐怖的体验吗？他日和家人好友相聚，说起这个恐怖场景，不也很有趣！这么想过之后，不管乱云怎样飞渡，我也从容面对了：大不了雨打一身湿，回去擦干身子，喝碗姜汤，倒头一样睡觉。

现在，当我上班前吃着早餐听着雨时，总不免回忆起童年时代的不安分，青壮年时代的恓惶，像学生应考前一样，然后才披雨衣跳上自行车闯入雨中去。我不害怕雨的"考验"，我要证明自己还不是个摇摇欲坠的老翁，我把这也看成一桩趣事。

1993.12.12

逃　难

　　忘记了是谁写的文章，说是有对夫妇带个几岁大的儿子逃难，整日里恓恓惶惶、提心吊胆。经过无数危难终于安顿下来后，儿子发表评论说：“逃难最好玩！”言下之意，自然是问：“什么时候再逃？”

　　站在大人的角度，当然会因孩子的不懂事而倍感辛酸，但站在孩子的角度，说逃难好玩却极真诚。以我自己小时候为例吧，逃难的确好玩。太平洋战争爆发前，我住香港，除了偶尔到沙田那边看到些自然风光外，就整个人都陷在“石屎森林”里了。一逃难回到家乡，发现松树在晴日里播送清香，斑鸠在山林里呼风唤雨；水牛从窄巷那头踱方步过来，瞪着又圆又大的眼睛，“哞——”的一声叫破周围的寂静；母鸡带一群毛茸茸的小鸡觅食，“咯咯咯”，叼起一条小蚯蚓，原来四散作业的小家伙们便以冲刺速度聚拢来……我只欣赏这些，并不知道家产已在炮火中荡尽。

　　家乡据说又将成为日军一场新攻势的必经之路，我们于是又逃。这回是逃进大山区。山比家乡的丘陵雄伟多了，一边是悬崖，另一边是野草，走着走着还会看到一堆粪，里面有毛……后来才知道那是老虎屎。这样的旅行何等新鲜！

　　来到一个山村歇下做饭，大人出高价，可以买到米和芋头，却无论如何买不到油和盐。于是，只能吃清淡的芋头饭。饿了，非但不觉得难吃，反而觉得别有风味。现在城市里的中小学生，读书读到红军吃南瓜红米饭，不也同样涎津津吗？及至住下来，几十人在厅堂里排开统铺，蜷在被窝里说话，又是从未经历过的热闹。孩子们喜欢听故事，便有人讲"熊人婆"如何骗开门吃小孩，吃得卜卜响，还告诉小弟弟是在吃咸脆花生。到了白天，又可以和当地小朋友交往。比如"打尺"吧，我们原来除了手上拿一截手臂长的竹子外，挖了微型土坑的地面要"土"字形摆三截短竹，"上横"承着"竖"，"下横"则压着"竖"；敲击"土"的头，底部那根短竹便蹦起来，看得真切用手上的竹横扫它到远处，然后量距离定胜负。而当地小朋友则掌握着"先进技术"，只用一长一短两截竹，玩"斩鸡头"的游戏。他们的土坑挖得讲究，短竹摆放角度好，长竹一敲，它就能蹦到足够的高度。我们很快便迷上"斩鸡头"的游戏，毫不留恋地丢弃了传统玩法。

　　以上只略举几例，有趣的经历还很多。我现在提起它们，当然不是希望再逃难，只是想给自己提供点有力的论据，证明人的天性好新奇。人老了，对于后辈的好新奇往往有点看不惯，还上纲上线地想到"严重后果"上去。在这里摆出自己在国难时期中毫无爱国主义表现的行为，无非提醒自己别太迂执而苛求别人而已。

1993.12.19

社坛追忆

已记不清拜社坛有些什么规矩了。比方说，什么时候什么情况下该去拜，拜时要贡献些什么，怎样的拜法？诸如此类我一概忘了，唯有社坛那种阴森氛围至今还有印象。

小时候真怕路过社坛。社坛上面是遮天古木，不时传出几声野鸟的啼叫。有些还算叫得柔和有韵律，有些则只"嘎"的一声窜上青天，把黄叶儿拍得飘飘扬扬地落下。我那时刚听了些"斜刺里杀出一员猛将"的故事，遇到这种情景就特别害怕了。社坛本身不大，像个狗洞，中间安放了土地公公。

这位公公也真够老实、慈祥的，住室没厅没房，更没洗手间，也同样"保佑"村民。我没考究过他在神祇系列里算几品官，但依例推算，应享村主任级待遇吧。村民对他没特殊关照，他也不提要求，不发牢骚，真可算得上优秀了。还有，他的住处似乎还属卫生死角，杂草丛生，蛇鼠出没，虽坐落在村头当路之处，但笼罩着神秘恐怖的气氛。我但凡经过社坛边，不管是本村的还是邻村的，都滚水泡脚似的夺路而走。

社坛为什么都那么阴森？直到最近我才从杂志上读出个所以然来。原来社祭始于夏族。夏族人原居长江下游，种稻种桑，也种其他作物，对土地感情深厚，于是筑坛祭社。社，就是土地神。夏族人早期的社坛，考古学家已在杭州附近的瑶山上发掘出来了。那是座气派不凡的祭坛：总面积有四百平方米，分内外三层，每层的土色都不同，其中有些泥土是从远处搬运来的。它坐落在一座平顶的山包上，面向夏族人在那儿辛勤种植的冲积平原。后来，夏族人实力增强，进入中原并且建立了王朝，便把社坛建到中原去了。商代、周代也都按着夏族人的规矩恭恭敬敬地祭祀土地公公。

据文献记载，社坛的筑法是有定规的：要呈方形，要用四种颜色的泥土筑成有层次的形式，要露天，要在高处，要有大树丛遮蔽。拿这规格来比较，我村的社坛只依从了一部分，似有点偷工减料的嫌疑。但如作辩护，则又可表扬它能因地制宜灵活处置，没有犯教条主义的错误。比方给了土地公公一个小小的藏身之地来减免搬运四色土的麻烦，实在是一家便宜两家合算的事。至于说到住房标准，则当时村民也全住在所谓"独头屋"里，哪有厅房、洗手间之类的概念呢？

社坛后来自然消逝了。我不怀念社坛，只怀念和社坛一同而去的大树。我想，祖先规定社坛建在大树丛中，反映着人与自然和谐相处的愿望。他们是直觉地懂得生态环境对人类的重要性的，所以才借土地神来保护树木。我们现在不要社坛了，竟连大树也砍光。削弱了与自然协调的意识，大自然一旦报复起来，就够人们受了。

1994. 1. 2

儿歌的变迁

每逢星期天，我窗下的内街就有小孩子群聚嬉戏，但从未听到他们唱过儿歌。想来也是，现在大人们经常可以"卡拉OK"一番，而可供孩子们唱的儿歌则太少了。

我的童年是唱着儿歌长大的。"麻雀仔，叼树枝，叼上冈头望阿姨。阿姨梳只崩沙蝴蝶髻，摘朵红花伴髻围……"多么优美！"鸡公仔，尾婆婆，三岁孩儿学唱歌。唔使爹娘教导我，自己精乖无奈何。"又多么天真烂漫！一班小朋友坐在一起，可唱"排排坐，食果果……"结队出门，便唱"龙舟舟，出街游……"假如在月下，唱"月光光，照地堂……"就更合适了，那一呼百应的场景，清脆而热烈得直薄云霄的童声，常常使大人们中止了谈话，个个绽出笑容来。

儿歌构成的文化熏陶，往往渗透着极可贵的因素。记得抗战时唱的《月光光》，末尾的词句是："船沉底，浸死啲日本仔。一个浮头，一个沉底，你话好睇唔好睇！"很有时代感。而在我们的前辈，他们诅咒的则是"浸死啲红毛番鬼仔"。想来，这儿歌当作于鸦片战争后，透过它可见当时民众对帝国主义者的痛恨情绪如何感染着下一代。

鸦片战争后，"红毛番鬼"还派来了大批传教士。平心而论，传教士中也确有怀济世之心的好人，但就整体来说，传教本身却是帝国主义文化侵略的手段。有侵略就有反侵略的呼声，这呼声也由孩子们承接了，于是有儿歌唱道："磨利刀，杀耶稣，杀死耶稣冇鬼做！"唱词粗俗，绝对不会是凭儿歌创作获奖的文人的手笔，只在粗俗中直喷出高昂的反帝情绪。1944年，我在逃难途中暂住一小镇，长日无聊，一群小朋友到处乱钻，钻进一座教堂。牧师当即向我们分发宣传品，请我们去听他布道。我们一哄而走，出了门，有人带头唱："磨利刀。"其他人便放尽喉咙大唱："杀耶稣，杀死耶稣冇鬼做！"读者诸君，你们此刻在平心静气地阅读会觉得我们可笑吧：该杀的是日本兵，怎么又闹着去杀耶稣呢？怎么又对牧师喊打喊杀呢？今天确实太幸福了！我们有一个强大的人民军队，这几十年，跟超级大国也过过三两招，并没吃亏。这个军队给诸君提供了平心静气区别对待外人的资本，而半个世纪前的中国，还是块被外人宰割的砧板肉啊！原谅我们吧，朋友！

　　随着战争的胜利，儿歌也变了。抗日战争胜利没几年，《月光光》的结尾就被唱成："浸死啲红毛番鬼仔，一个浮头，一个沉底，一个匿埋门扇底，偷钱去买油炸鬼。"变得油腔滑调了。再后来，兴起唱"肥佬个头，大过五层楼"，越发离谱。更后，则小孩一律唱大人歌，儿歌几乎被扑灭了。现在，一些热心人重新推广《落雨大》等儿歌，录成的盒带唱得颇优美，可惜影响似乎并不大，我就从未听到窗下的小朋友们唱过。

1994. 1. 30

乡村塾师和民办教师

我没读过私塾，但见过乡村塾师。

抗日战争时期我们全家逃难回家乡居住，当时村里有几家人合股请来一位塾师，在祠堂设教馆。塾师住在祠堂厢房里，白天在祠堂里逐个教学生，或读"人之初，性本善"，或写字。他的左手一直不离戒尺。那尺之所以和"戒"字相连，是因为它负着特殊的责任：对愚顽的学生，随时会落在他们的手上甚至头上，以示警诫。我母亲最反对教师打学生，所以坚决不让我读私塾。那塾师很随和，跟村民关系颇好。我还记得他向人们口头发表过他的历险记：当后山上居住的老虎夜里来串门时，有条狗慌不择路，跌撞着跑进了祠堂想找躲藏之所；厢房没门，那狗自然做了不速之客，而房中四壁萧然，安全系数最高的是床底，这狗于是呜咽着钻了进去。这样一来却苦煞塾师了。老虎倘寻踪追来，将会发生什么情景？塾师当时会怎样的冷汗直冒啊！不过，他在历险记中只是轻轻松松地说："我就躺着不动。有什么办法呢？听天由命吧！"这使听众很感慨，当即有人说应该给老师做扇门了。但应该的事是未必能实现的，尤其是只为老师去做，所以，那塾师一直到"解馆"都仍住在那没门扇的厢房里，随时准备接待来拜访的老虎。

二十多年后，塾师和老虎都退出我们的村子了。生产队建立了一所小小的村校，上级教育管理部门派来了一位民办教师。学生是从一年级到三年级，每个年级三五个学生不等，几乎也可逐个地教，和塾师一样。但塾师当年可以做个较纯粹的文人，只需自己动手煮饭，米、柴草都由学生家长供应；而这民办教师则有三十多元的月薪，所以一切开销都得自理了。他早晚要去菜园做真正的园丁，星期天要回家载米来，隔段时间还要上山割草，折枯枝，捡松果，抽空问准生产队，斩两根竹子织个鸡笼。养了母鸡，母鸡下蛋，除非极嘴馋才吃一个，否则都让它孵小鸡。小鸡眼看长大了，却往往是一场鸡瘟；幸而有养成斤把重的，便大喜，星期六用鸡笼装好，很小心地把它捆在车尾架上，骑上单车回家去和父母妻儿共享。他的单车是老"永久"牌的，名副其实，有次单车前轮内胎爆了，就随便拿点旧胎往里塞，作实心车胎用，照样骑得很欢畅……

据报纸说，现在已非常重视提高教师生活质量了。很好！那我就把上文当作两帧历史陈照挂出来，让大家知道，过去乡村塾师曾在没门扇的厢房里过夜，民办教师曾如此这般地生活。

1994.2.6

远　足

"远足"这个词是我读小学时爱听到的。而现在的小学好像已经淘汰掉了。据说现在只讲"春游""秋游"。有时在公路上看见某市第几汽车公司的大客车，组成纵队浩浩荡荡地奔驰，里面装着叽叽喳喳的穿校服的小客人，便知道学校刚过了期中考，让学生都出来"游"了。

说是"春游""秋游"，用词绝对准确。他们每到一地都有车代步，假如仍沿用"远足"这个旧称呼，显然就有语病了。

而我们当年则确实是"远足"：只用脚走到远远的郊外去。

远足意味着走向大自然。从学校走出来，走，走，走，人烟越来越少，草木越来越多，终于来到了青山绿水之间。草丛里有山花，山花上有蝴蝶。白蝴蝶和花蝴蝶都好看，都想捉，又都捉不住。容易捉到的是蜻蜓，但玩两下就腻了，谁也不愿继续看管它，便绑一根小草在它的尾巴放飞；大家追着看一会儿，然后散伙，又各寻好玩的玩。

我们还会脱掉鞋袜玩水，清凉适意，何况水里还游着"花手巾"。当然也去捞，而且也容易捞到。不过捞到了也是个负担：要装在瓶里，而瓶里的茶水未喝完，又舍不得倒掉。但无论如何，在大自然中玩半天，是自由自在的。

肚子饿了，午饭是各人自带的干粮。好朋友可以预先"孖份"，一磅枕头面包加一小盒牛油，两个人可以够饱了。渴了，除自带茶水之外，山泉其实也清甜可口的，只是老师不让喝，说不卫生，必须背着老师偷偷地喝，反正老师看不住这么多人，机会总会有的。

我不知道现在的"春游""秋游"，有没有校长、老师爱挑荒僻的地方去。每当我看着旅游点里大批小学生一盒又一盒地买饮料时，就想起我们不带钱的远足。

还有，他们随车而去的背囊，总是鼓鼓的，我的知识很贫乏，很难猜出里面有些什么装备给养，便只好惘然想起我小时候带面包茶水去远足的情景。

远足，一般来去要走两三个钟头，很累。如果现在提倡，我想，一定会招人非议的。据近日所闻，一名中学生跌伤了手，骑不了自行车，就吩咐母亲先骑车子到某个车站，等他乘公共汽车到站后，再转乘母亲骑来的自行车去上学。有老师对他说："只十分钟路罢了，何必劳烦你妈妈呢?"回答是："十分钟，这么远!"现在的父母，大多很伟大。但我庆幸没有如此伟大的父母。想当年，他们完全有能力先租车送我一程，甚至可以说："这么辛苦，别去了! 我们带你到香港去玩吧。"至于"提高伙食标准"，更是不在话下了，但他们不这样做。须知，我也是个独生子啊! 能不衷心感谢他们吗? 在我长大步入社会后，虽受尽屈辱，但我都一一挺住了，而我有位"大师兄"，从来"顺风顺水"，却在"文革"时第一批大字报到来时悬梁自尽了。

人类肯定要变着形式自我淘汰的，我常想：将来会淘汰一些怎样的人呢?

1994. 2. 13

故乡的 "枪手"

　　我的故乡，据说曾出了几个枪手。前几年到处说要写村史，我估计，即使村史写到八尺厚，也不会写这些 "枪手" 的，于是我就来写。

　　"枪手" 活动的时代，我还未来到这世界，因此我现在所写的都只是些口头传闻。我素来胆小，不敢写传闻，怕惹官司。但故乡的枪手早死了，我还怕他们吗？何况这些传闻都来自奖叔，"枪手" 来找晦气，就叫他们找奖叔好了。

　　奖叔是我本家，名叫余奖。如按正辈分说，本应由他称我为 "叔公"，但我看他比我年长得多，便自动连降三级，反称他为叔。奖叔削得一手好篾，像一部自动化机器。在双手有条不紊、卓有成效地劳作的同时，他的嘴巴却做了自由活动的积极分子。

　　"新中国成立前村里到处都说有鬼，井头有，树脚有，塘边有，穿白衫的，穿黑衫的，你说怎得这么多鬼？" 他笑吟吟地问我，然后自发议论："这全是人说成的。你想，有些人夜里要出来活动，假如大家都不怕黑，满村是人，怎么方便？干脆说到处有鬼，活灵活现，把你们都吓得缩回家里。哈哈哈……"

　　他说的 "夜里出来活动的人"，就是我说的 "故乡的枪手"。可能有人会把他们叫作 "贼公"，而他们的枪也真有 "贼公" 特色：磨掉准星，倒插在绉纱腰带里。

他们也似属黑道人物。奖叔说，某日我村的一个"枪手"在镇里上茶楼，邻村一位"同道"手拿茶杯过来打招呼，只说了一句"今天的路烂啊"，掉头就走。"枪手"抬头，万里无云，担水上天也没雨下。他"醒水"了，便从山头小路转回村。从山上向下望，果见大路旁竹林边有人探头探脑。

但即使有这些蛛丝马迹，我还是拒绝称他们为"贼公"，因为他们还有另一面。一个深夜，村中的狗齐声吠，而村外有一个人还是不顾一切地闯进村来。全村人都醒了，大家认得那是八里外一个友好邻村的人，都急切地问发生了什么事。那人说他们村子正被"洗"，来请救援。我村几个"枪手"问他几个问题后，略一讨论，便拟出方案并行动起来。破晓时分，"洗村"得手的外县人正乐悠悠地通过一个谷地，忽而枪声大作，子弹从两面山坡上倾泻下来。他们措手不及，只好自顾逃生，所有耕牛器具便都完璧归赵……

最初听奖叔讲这故事，我怀疑他"放葫芦"，后来翻旧县志，看到连篇累牍记载城乡遭洗劫的情况，对应想一下：我村没有半行被"洗"的痛史，也就相信那场伏击战是合逻辑地出现过了。

至于那几个"枪手"的名字，因为我没受命编写村史，也就没细问了。其实，他们有名也等于无名。比方说，叫"阿贵"吧，叫"阿贵"的千千万万，你分得清是哪个"阿贵"吗？俗语说："时势造英雄。"但有些时世也可能淹没英雄，那些"枪手"如生活在新社会，受到良好教育，我想他们大概会有另一番事迹的。

1994. 2. 20

年初三杂忆

20 世纪 70 年代末，我读高中时所在的那个"高三（6）班"成功地组织了一次聚会。此后十多年，我们这批 50 年代初的同学便年年都在年初三聚一聚。看着大家一年比一年显老，说起风华正茂的当年，多少是有点令人感伤的。可幸我们不是灰色的诗人，都在踏踏实实地生活和工作，因而也就没有"为赋新词强说愁"的工夫。聚会间大家交流着各种人生体验，知道各人的才华在其领域内各有施展，于是相互间得到一些精神激励。白发从无到有，从少到多，化作笑谈中的一点诙谐，感伤之中还颇有几分自豪哩。

我很珍视这年初三的聚会，因为它来之不易。追溯到许多年前，我们在南方工作的几个人就提出做个同学录，每年组织一次活动。消息传到在京工作的某同学耳里，他赶快委婉地提醒："现在还不是时候。"他见识广，我们便听他的。因此，直到 80 年代初，我们才正式宣布成立同学会。

其实，自古以来，亲情之外还有友情存在。年初三聚会，并非我们的发明。在我的家乡，农民就喜欢搞年初三聚会。广东春早，年初四必须开田，所以在年初一、初二走过亲戚之后，农民就会约三五知己，或杀鸡，或宰鹅，弄一屋子热气和香味。吃得酒足饭饱，才在星影摇摇欲坠之中各归门户。归人兴起之时，还不免唱几句二黄或反线中板，惹一村狗吠。因为第二天人们就要下田，平时每人各赶一只牛，各背一副犁耙，即使擦肩而过，也只容得扔下一声招呼；所以，今天这焖鸡或蒸鹅，陈酒和白饭，便因凝注了平常不大肯外露的友情而显得更珍贵了。

年初三，我还有些"道是无情还有情"的经历。60 年代前半期的那些年里，我在离家三千里外的地方教书，寒假时会因为其他事回不了家。这样，春节我就只好"流浪"。幸亏当地农民家长都是热情人，知道老师要"流浪"，便唯恐流不到自己家来，老早便让学生"挂号"。我不敢答应那些多学生的村子的家长邀请，因为分身无术，一家请了，别家又来请，硬是请出族中最年老的人作陪，等了你去才开饭，你能忍心说"不能来"吗？我进的是小"屋场"，一两家人，好应付。席间主人频频劝饮、搛菜，只希望这醇酒和肥肉造成一种幻象，让我直把他乡作故乡。我才从不近人情的寒假"学习班"出来没几天，便转投了人情"学习班"，简直不相信这两个"班"存在于同一个世界。那时流传一句名言："卑贱者最聪明，高贵者最愚蠢。"真值得玩味。

1994. 3. 6

坐箩记

　　记得在二十世纪三四十年代，家乡的确够僻远，离最近的两个圩镇都各有十公里。在小村里关闭久了，就想去趁圩。我当时只有六七岁，自己没有走十公里的力，爸爸不在家，妈妈只好去求一位远房的亲戚帮忙。这亲戚叫阿牛，我叫他"牛哥"。他高大健壮，没起错名；加上笑口吟吟，和眉善眼，更贴合牛的禀性。当我们去求他时，他爽朗地答应："今日得闲，去啦！"至于去法，是用箩挑着我。

　　那时我还未见过空中索道，天上虽有飞机，但意识里觉得它是用来放炸弹让人屋毁人亡的东西，不是我辈可以坐上去的，能坐在箩里尝一点儿悬空移动的滋味，就大抵相当于坐了飞机或吊笼了。我在箩里盘膝而坐，左右张望，开头也逍遥得很，但坐久时就渐渐变得乏味了，很想挪动身子。由于箩里空间太狭窄，我想尽办法也只能改变一下两条腿的摆法。一动，牛哥肩上的担杆便颤抖了。妈妈在旁说："别乱动，牛哥挑着辛苦的。"牛哥当然连说"没关系"，但我也心知其实是有关系的。我想不动弹，可是无论摆成什么姿势，一会儿就又觉不妥。既然找不出一种最经得起考验的好姿势，我只好勇敢地提出要求：我下地走路，走到圩镇去!

走了一段路，我跟不上了，牛哥就叫我去"骑脯马"。"骑"一会儿又走。走一会儿，牛哥说："快到了，还是坐箩吧，脚瘸再下来。"

到了圩镇，妈妈知道"牛"的特性，匆匆办了该办的事便上饭馆。牛哥食量真大。出了饭馆，妈妈不知看见了什么，突然叫我们就地等她一会儿，便匆匆朝热闹的地方走去。我们停歇的地方离河不远。我调皮，趁牛哥不注意，便想去玩水。不料在岸边脚下一滑，直如坐滑梯一样溜向停靠河边的船底，慌急之间，右手一抓，居然抓住一丛野草。身子是停住了，但似乎又上不来。假如手一放松，或挣扎得厉害拔起了草根，那就要滑入船底没得救了。正在危急之际，一只大手把我揪了起来。不用说，那只手自然是牛哥的。他一言不发，给我刷去背后的污泥。不久，妈妈带着我一位堂兄来到，训了他几句，叫他先回村。我生怕牛哥把我的险情报告妈妈，既吓了她，又会招来一顿好教训。但牛哥却只向她问我那位堂兄的事，问怎么会看到他，怎么知道他是去赌，是哪一个赌馆，赌馆不让女人进去怎能叫得他出来，等等。我从来没见过牛哥能说这么多的话，等话说完，我背后的衣服也干透了。我心里说："牛哥真好。"回来时，我乖乖地坐在箩里忍受着脚瘸之苦。

抗战胜利后我似乎没见过牛哥，后来，据村人说，牛哥在"困难时期"死于"水肿"。我写下以上的文字算是纪念他，希望他安息，而且不要再"水肿"。我想，心地善良、乐于助人的人，在别人心里活着的时间是可以比生命本身长得多的。

1994. 3. 27

进"桃花源"记

　　我不敢大意，题目上"桃花源"三字加了引号。现在注重"打假"，招牌之真假十分惹人注意。真正的桃花源在哪里？陶渊明本来在写小说，博学的梁启超便说过："《桃花源记》是中国第一篇小说。"小说中的人事本属子虚乌有，地名也不过信手拈来。但小说一走红，招牌吃香起来，便有人要认真研究哪里才是真正的桃花源了。争拗很多，甚至很激烈，但在我看来，都是"一个针尖上能站多少个天使"之类的无聊斗嘴。自己不想卷进去，便加个引号先行向"真正的桃花源"的拥有者买个人情。

　　陶渊明不大喜欢出远门，我判断，陶家附近的康王谷多少可算是他拓展想象的原始依据。我们住在市井，很难相信会有"桃花源"的存在。但看看报刊就会知道：清末还有人躲进山中石洞，后来发展成个洞中村；大戈壁里，有些生面孔在市集中露面后，不久，他们的马车便在茫茫的砂石海里失踪。陶渊明时，人口数目远未上亿，偌大神州，藏着的与世隔绝的山谷，恐怕还不止一处呢。而庐山康王谷也实在有藏人的条件。

　　我在庐山山脚下工作时，颇有游康王谷之意。但那时，想旅游是要受批判的。要游，必须借招牌。最堂皇的招牌是"取经"；

要是自己身份高，便可去"检查"；要是有哥们儿帮忙，则可去"了解情况"。我一介书生，无招牌可挂，便只能神往而身不能往。

万万想不到，后来，却捡到个进康王谷的机会。那是寒冬将至之日，学校的"左派"需要烤火，便派我和另一位同属"三查对象"的教师进康王谷买炭。

我们拖着板车走完公路，入山前便要把板车寄放在公社招待所，前面只有用脚走的路了。在招待所吃顿饭，有麂肉作菜，正吃着，忽有人走过来，警告说，下一顿不准吃麂肉，否则就要对我们"采取革命行动"。吃了这一闷棍，情绪很坏，进谷时固然也留意到"沿溪行"，然后走上条"初极狭，才通人"的小径，至于夹岸是否有桃树，却没注意了。谷长三十里，一条路到底。沿路有几处颇宽的平旷地面，分别形成三个村落。我们借住在最深处的一所小学里。买了炭，此后几天，就一程一程往外挪窝，没什么可记了。

可记的是，初寄住小学那晚，由于有吃麂肉的"错"，我们本保持着低人一等的自我意识。想不到那学校的教师（他兼任校长，也兼任杂工）却"老师""老师"地称呼我们，还邀我们吃他从家里带来的腌肉。饭后，又兴致勃勃地介绍本地的一位奇人。那是个盲人，但挑担上庐山牯岭，他走得比别人快，因为他已记准了走多少步后要怎样拐弯。那时的"重要社论"，他听人读两三遍便能背出来。我说想见见这奇人，那教师说我运气好，因为当晚他们生产队全体干部要到小学来开会。奇人来了，瘦高个子，眼泛青光，但精神抖擞，声音洪亮，生产队干部们显然都知道我们的身份，不跟我们打招呼以避嫌疑，但在我们面前讨论生产队的事却不撵我们走。听那奇人滔滔不绝，安排队务细致异常，我真钦佩之至。会开不久就散了，那教师说，平日开完会还会闲聊到夜深的，今儿散得早，是特意让我们早早关门睡觉。

我们在康王谷奔走几天，没有遇到任何敌对的眼光。那儿没挂桃花源的招牌，但那些"往来种作悉如外人"的人们，真有点"乃不知有汉，无论魏晋"的味道，所以在我心里，那就是"桃花源"了。

1994. 5. 22

花尾渡

　　花尾渡至今已消失十多年了，是骤起的几阵狂风把它们从现实吹进历史去的。1980 年前后，珠江三角洲水面接连被吹翻的几条船，都是花尾渡。一查验，发现其抗风能力的确不高，于是都让它们"退休"了。

　　现在的青少年，恐怕已不知花尾渡为何物，即使看到这里，猜得出这"渡"是"船"，也不晓得它如何"花尾"，甚至可能望文生义，以为它像山猫一样，有条花斑斑的尾巴，那条尾巴还可竖可摇哩。

　　船当然没有可竖可摇的尾巴，但船有头就一定有尾。称作花尾渡的客船，其外形特色就在船尾上。它的后舱比前舱高得多、大得多、宽得多，人们一看到它，视线很自然会落在后舱上。设计者对每叶窗眼的布局乃至其他图案花纹的运用，都不敢掉以轻心。群众满意，于是表扬。称之为花尾渡，就等于给成功的设计献上一个永不凋谢的花篮。

　　除了外形独特，花尾渡设计者还有个绝妙的改革。一般客轮，轮机就在船体内。大客轮能用上庞大的消音设施，那还好；小客轮就消不尽噪音了。而花尾渡却把动力机械移到体外，让一条小火轮拖带自己。在行进途中，小火轮一般使用前拖法，而出入港口时，就改为靠在侧面并排带动，人们风趣地说，它们是在"拍拖"。一"拍拖"，乘客就知道该收拾行李准备上岸了。

船内没有发动机，只启动供照明用的发电机，声音很小，所以乘坐花尾渡很舒适。

我特别记得有次夜航的情景。在乘客大多沉睡之际，我躺在铺位上，听着船身与波浪轻轻碰撞的响声，觉得柔和而优美，仿佛多情的江水纷纷涌来打招呼，还熟不拘礼地拍拍肩膀。又听到咚咚的钟声，一远一近，那是小火轮和客船在暗夜中的对话。在河湾多处，对话更多。"夜半钟声到客船"，给夜航平添许多神秘感，怂恿着我坐起来，从舷窗向外眺望。岸上有时是市镇的万家灯火，有时是孤村的一丛光亮，有时是黑冥冥的山里闪烁几盏疏灯。

花尾渡曾如此这般以其舒适的夜航牵动我一串无尽的沉思。自花尾渡消失后，乘坐别的小客轮，轰隆声中无法思考，便只好去观察茶杯如何在铺板上练习颤抖功了。

1994. 6. 5

小路山风瘦马

祖母病了，在离城二十里的一个穷山沟里。要是在今天，一个电话打到邻近的卫生院，半个钟头内，背着药箱的医生便骑自行车赶来了；假如是重病突发，还可以叫镇上的医院派救护车来。然而，我祖母那回发病却是在半个世纪前，尚没有这种便利。人类的进步真如"进步"两字的本义，是一步一步往前进的。走一步，并不见得和未走之前有什么不同。走一百步，还在同一座山村；走一千步，还沿着同一条溪水。但依山傍水不断往前走，柳暗花明，蓦然回首，便觉得已换了另一个天地了。

回首五十年前，村里人还未见过电话，简直不相信有这么一条线，可以让一个人在这边说话，而让另一个人在远远的那边听到。也没见过自行车，人怎么能骑着两个轱辘到处跑？说这话的人分明是骗乡巴佬的嘛！至于汽车是见过的，上城趁圩便可见警察局门前放着辆汽车，锈迹斑斑，机件不全，仅供展览。那时要请医生，唯有派人跑上城去。

家里派了位族兄去了，但听说那医生名气大，不易分得身来，所以，预计派出的人该返回时，其他人便眼巴巴地朝村口望。村外是青山，山间盘绕起伏的小路全不见人影。有心急的便信步走出村口，上了山路。山路上松针浓密，散播着香气。山风吹过，落下几个松果，吓飞几只山鸟。拐一弯望望，又拐一弯望望，也许会碰到一两个人，但都不是医生。好容易听到顺风传来的一声马嘶，这才心头一喜。

这方圆几十里地，就只有一匹马，就只有一位骑马出行的人。无论谁听到马嘶，都可断定是那位名医出诊了。

听到马嘶，我们会想起电影上、画布上那些膘肥体壮的骏马，然而，那乡间名医的马，却骨高皮涩，眼大无神。它驮着主人踱着方步走，而主人坐在鞍上，也显出副不紧不慢的模样，只急煞那被派去请他来的族兄。那族兄健硕得可以背着医生跑回村里来，未必比那马少一点儿气力。现在，他却只能一脸沮丧地跟在马屁股后头。

在许许多多急切盼望的目光中下了马，名医第一句话是："给我喂饱马，要用稻谷！"这规矩大家早知道了，但他还是谆谆嘱咐。名医要骑马，骑马显名医。其实，城里一位西医的医术也高明，但我村人却只一迭连声建议找那位骑马的，这恐怕应看作骑马的广告效应了。

而那名医也的确有两手，吃了他开的二三十服药，原先已准备"着寿衣"的祖母日渐痊愈了。那匹瘦马在青松落荫中缓缓远去，没有扬起多少尘土，甚至留不下几个浅浅的蹄痕。到了现在，山风依旧在吹，而当年瘦马走过的小路，却早被村民遗弃了。从公路望过去，只是一带密密的松树林，仿佛那里从来没有过一条路。

1994. 6. 12

"半唐番"二伯父

　　我二伯父是祖父收养的，算起来是将近一百年前的事了。那时我祖父在澳大利亚，而二伯父出生在当地一个不稳定的华洋结合的家庭——是不是可称家庭还是疑问——不知什么缘分，他们便结成父子关系了。我家乡的血统观念较薄弱，养子和亲生子地位绝对平等。有这好传统，尽管二伯父血管里流淌的还有林则徐所称的"英夷"的血，但是在家里从未受歧视。在他长成且有所作为时，反倒更受到家人的尊重。我父亲对这位哥哥非常信任、非常崇敬，虽然背地里谈起他时，也曾使用过"肥佬"甚至"番鬼仔"的称呼，但是语气里倒带着一种特殊的亲切感。

　　二伯父确是"肥佬"。他那一半"番鬼佬"血统特别擅长制造脂肪，无论怎么节食，脂肪不但照长，而且越发"势凶夹狼"，以致他晚年时要经常开刀割"肥膏"。

　　这"肥佬"又近视，眼镜片不知有多少层圈圈。深度近视在外头惹什么麻烦我不了解，在家里的我则看到了。他最重视拜祖先，而拜祖先是不准戴眼镜的，于是他每次走到跪垫旁，便小心地算准了位置，然后摘下眼镜交给旁人，再毕恭毕敬地三跪九叩。他必须保持正对祖先牌位，而他眼睛又实在看不清牌位在哪儿，其精神之紧张可想而知了。

他五体投地地拜祖宗，也是在五体投地地礼拜中国传统文化。在这方面，可以说他是"自学成材"的。他自学的是《红楼梦》。据我父亲说，"他几乎背得出全本《红楼梦》，常常对着书读得泪流满面"。翻来覆去读得多，居然也沾了点儿曹雪芹的余慧，有次给一位英国朋友译中文名，他想出了"夏富礼"三字，既贴英语原音，又很高雅。那英国人高兴得跳起来，因为有这名字，和当时的中国商人做生意是很有利的——而现在，则最好改成"夏富财"了。

因为服膺中国文化，所以"半唐番"二伯父在香港商界出入，却始终穿一领长衫。无意中露出其血统本能的只是使用刀叉技术一流，能刮净鸡翅上每一丝肉送进嘴里，让盘子里只剩下完整的骨头。他有钱，但讲究"食德"，用膳后碗里不剩一颗饭粒，不像某些阔少，大盘食物吃两口便倒掉了。

小时候，每年寒暑假我都随父母到香港看望二伯父。他每天晚饭后坐在大厅，接受子侄、同乡、清客的问安，外表很威严。我看到他那不苟言笑的脸，似乎觉得打满密圈的眼镜片后有许多深不可测的东西，因而一直很怕接近他。但他其实对我很好，预计我们到达的日子，便叫人做好我爱吃的食品放入冰箱。1949 年夏，他向我父亲提出留我在香港读书。我父亲没有未卜先知的本领，不知道后来"其堂兄弟均住香港"会成为罪名，但也没接受这个建议。假如当时父亲同意了，我现在就可能"招即"起来，摆"香港同胞"的款了。

1955 年，二伯父去世了。我听到这个消息后很悲伤，因为我一直是把他当作亲伯父看待的，而我也真切地感到：二伯父是爱我们这些"亲戚"的，并没有因为我们与他没有一点儿血缘关系就疏远我们。由二伯父与我们交往这件事，我悟出了一个道理：爱并不因血缘关系而产生，你只要真心实意地对待别人，别人是会感觉到这一点的。

1994. 7. 24

放纸鹞

　　风筝之所以叫风筝，是因为装上一支小竹笛，风吹竹笛，发声像筝。没装竹笛时，只从物料和形状作称呼，便叫纸鸢。鸢即鹞鹰，所以广州方言便把纸鸢称为纸鹞。

　　我初懂事时正值抗日战争期间，那时我住在香港岛，不知是有禁令还是大家没兴趣，天空中未见过纸鹞飞。听大人说起"纸鹞"，还以为是"纸妖"。那时流行讲"扫把精"之类的故事，我以为世界上本就有许多妖精，扫帚既可成精，纸变成妖也就顺理成章。所奇怪的只是：大人说的是"放纸妖"，妖竟也可由人控制吗？但大人既然这么说了，不理解也要承认他们有理，无须怀疑。如此一来竟歪打正着，我因此相信妖精并不都可怕。有一次，我和邻居小朋友打了回略占上风的架后，邻居的门角曾有一把扫帚权当"扫把精"朝我示威，我也只定睛看了它一会儿，没有仓皇惊叫、落荒而逃。

　　等到明白"纸鹞"并非"纸妖"，而且真正看到放纸鹞时，已是香港沦陷，我们全家逃难回农村之后了。有些同在逃难的小朋友，用废纸、竹篾糊成纸鹞，随便找根长线扯着跑，让它有时飞上去"春风得意"，不久却栽下来"粉身碎骨"。我父亲看了，便笑着批评那制作上的毛病。我很想父亲糊一只漂亮的纸鹞给我用来显威风，不料他坚守着只动口不动手的原则。

抗战胜利后回城，我家和一家亲戚同住一幢洋楼顶层，上面的天台有近百平方米，正是放纸鹞的广阔天地，具备着大有可为的条件。亲戚家的小朋友迫不及待，再不糊"屎塔板"一般的小纸鹞了，向家长讨了钱飞奔而去，不一会儿便买回来一线车玻璃线和一只装潢漂亮的大纸鹞，据说型号属于"高庄"。他们在大人的指导下放起了纸鹞，然后又争争抢抢，学习操纵打旋。从此以后，不论上午，还是下午，只要不用上学又风和日丽，他们的"高庄"便在蓝空中漫游。而且不久，他们已学会"锯（读如界）鹞"（纸鹞一个俯冲急升缠住对方时，或被对方缠住时，立刻放松双手，任由线车飞快转动，实行"冲线"）。天空中两线相锯，必有一断，于是胜利者雀跃，失利者则火速搓动线车收线，不顾双手发红，极力把损失降到最低。主将如此，副将们也不敢怠慢，赶紧去追寻。他们明知天上线一断，地下无数观战者便会同时大呼："漏鹞！"当"高庄"飘飘荡荡，如醉魄，似游魂，乘风而去时，孩子群就从四面八方涌向其预计的着陆点，捷足者先得。"漏鹞"的主人倘能及时赶到，表明身份，有时可以物归原主，但有时则会遇到阿Q式的反问："你叫得它应吗?"

以上的场面，我见过而未参与过，因为父亲从不支持我放纸鹞。他小时是个中高手，似乎吃过玩物丧志的亏，所以有钱宁可给我买书。我十周岁生日时，就得了套《水浒传》。看看九纹龙史进"轻舒猿臂，款扭狼腰"生俘跳涧虎陈达，的确比沉迷于放纸鹞有益些。

联想到现在有些搓麻将一泡十六圈的家长，竟以子弟能活学活用麻将术语而喜形于色，我真不晓得人间对于"爱"字的理解为什么会有这么大的差异。

1994. 9. 25

"出猫"略说

外省好像没有"出猫"的说法。把考试夹带作弊称为"出猫",是广州方言中的一个精品。

"出猫"是"出猫仔"的简称。而"出猫仔"是撷取夹带神韵的形象说法。

一只怀孕的雌猫,忽而在家里失踪,等到重新出现而肚子又已卸下重荷时,你千万不要急于寻找那些小生灵。产下几只小猫?藏在哪里?它都秘而不宣。假如你好事,爬上阁楼,在尘封的角落里找到小猫,并且搬弄过周围杂物,那就惨了:母猫很可能因此把小猫咬死。

我想,那是母猫发觉秘密被揭破后,急于搬小猫到另一收藏点,而神情惶急,一口叼住就走,用力太猛的缘故。

夹带者秘密制作一批字条,总共几张,藏在哪里,无可奉告,一如母猫;而一旦被人发现,惶急之间,举止失当,其情状亦如母猫。因此,把夹带的字条比喻为"猫仔",真是非有了不起的观察能力加非凡的联想能力不可。

光是"猫仔"两字,已灵光闪烁了,何况还有个"出"字更传神!

在一段颇长的时间里，母猫跳上阁楼，施展轻功，潜入杂物丛里去哺乳，直到把几个幼仔喂养到能走动，可以放心让它们见世面时，才让它们出现。猫仔一出，母猫即可算已通过"母猫合格试"了。

夹带者"出猫仔"而过考试关，和母猫不是极为相似吗？母猫由藏小猫到出小猫，夹带者从"藏猫仔"到"出猫仔"，都是一个期望很大的过程，最终可"出"，带来多强的满足感呵！

近年，教育当局严令执行考试纪律。此令已出，证明不少学生正在采用"出猫"的方法。

"出猫"成风自然不是好事，但我以为光严令是不足以令"猫仔"不"出"的。

现在的考试方法往往不恰当。记得20世纪60年代曾听传达，说毛泽东主席主张：出十道题目，学生只答了一半，但有创见，给他一百分；十道题目都答对了，但没有创见，给五十分、六十分。他重视培养能力，无疑是对的。当然，领会精神不等于字字照搬，考点要记忆的内容还是必要的。虽然爱因斯坦也曾说："我只记住书本上没有的东西。"这话也同样只能领会其精神，我就不相信爱因斯坦要查书才写得出平方差公式。知识的考查关键在于教师对知识点的把握。哪些该记，哪些可不记，哪些题目应不向学生交底，哪些题目可先让学生预作准备……处理好这些再命考试题，是可以令学生无须"出猫"，也无从"出猫"的。

教师之外，学生当然也要自律。老实承认，我直到初二时都还有过"出猫"纪录。后来我懂得自爱、自重、自强，也有自信，就不屑"出猫"了。

1994.10.23

飞机榄

"DiDiDa……DiDiDa……"

久违了，广州街头的"DiDa"。前几天，我在广州市内坐了一回公共汽车，在车上凭窗望去，只见一个汉子推着辆自行车，在人海车流中慢慢地走，不时吹几声。他的车尾架上搁着个旧木箱。那种乐器，那种箱子，都是我曾熟见的。公共汽车正停站，我看着他从繁华的高第街口走过，没有谁买他的货，甚至可能没有谁注意到他在卖什么货。

他卖的应该是"飞机榄"，但现在恐怕已不能这样称呼它了。卖榄者怎么称呼我不知道，而按我的看法，该叫它作"飞机榄的后代"。从前的"飞机榄"，那"飞机"两字是有独特含义的。

若你住在三楼或四楼，听着"DiDiDa"之声由远而近，有点馋而又有点儿闲、有点儿零钱，更有点儿爱新奇、求刺激的心思，便可踱出"骑楼"或登上"天棚"去等着。"喂，买飞机榄呀！"扔下零钱。那人捡了，便插牢唢呐，从身前吊挂着的木箱里拿出一包橄榄，向上一掷，准确无误地落到你身边。这时，街上跟着看热闹的一群孩子会发出一阵羡慕的呼声，而驻足而观的闲人也吊起紧张地下垂的下巴把嘴关拢。于是，卖榄者心中畅快，不免抓紧时机大做广告，放开喉咙吐出两句歌吟来："飞机榄飞机榄，一飞飞到上天棚。"

这歌吟是当年街头吟唱艺术百花园中的一花。在高亢的"补镬，补烂——镬""整——洋遮整鬼锁"的叫喊和娇柔的"旧花果甜杨桃啦——""胭脂红番石榴啦——"的呼唤声中，它具有独特的艺术个性：诙谐。从来没有老师指定我要背诵这样的歌吟，可它湮没几十年后，我一听见那"DiDiDa"，看到那木箱，脑子里就自动显示出那歌词来了。

现在，那推自行车吹唢呐卖橄榄的汉子闭着嘴巴。假如他开口，能和那唢呐、木箱的老主人唱得一样吗？那老主人是何高姓大名？我们就假设他名叫"飞机福"吧。"飞机福"是用粤语改排的《七十二家房客》中的一个角色，他有句名言："我活了四十年还没死过。"被伪警察"三六九"之流鱼肉着的升斗小民，在艰难竭蹶中只有凭这点儿乐观来支持挣扎了。而现在那卖橄榄的汉子，生活究竟如何？

至少，那橄榄箱已经从胸前转移到车尾架上了。世界总在变，"飞机福"的时代，凭一手让橄榄"一飞飞到上天棚"的技艺可以遨游于街巷，而现在街巷的楼宇都已如老人之祝福小孩"快高长大"，长至七八层、十层以至几十层，谁能让那些和味的橄榄飞到"天棚"，其投掷水平必达到世界级，不去奥运会捞金牌而卖"飞机榄"，岂非大傻瓜一个！橄榄难以飞上"天棚"，祖传的歌吟已脱离现实，于是那汉子只好闭了嘴光吹唢呐，"DiDi-Da……"，单调得很。

如果让我向那汉子出个点子，我就建议他出些本钱制作一种独特机械，卖"火箭榄"，无论什么高楼，依然"一飞飞到上天棚"。让手艺机械化，赶上时代！

1994. 11. 6

钢笔的故事

现在，为了书写方便，很多人喜欢使用圆珠笔，而我则还是喜欢用钢笔，习惯使然。

但钢笔常令我生气，如现在手上这支新笔，出水很不流畅，前些时候买的一支也一样。两年前朋友送的那支，本来得心应手，到近来写字时却笔画变粗，墨水出得又过分流畅了。我曾到某百货公司文具柜打听可否换笔尖，售货员回答得颇幽默："现在的人买全支笔都嫌便宜，哪里会有笔尖卖？"嫌贵常听说，嫌便宜很新鲜。

钢笔也许真的变得太便宜了吧？现在到处在说偷自行车太猖獗了，却没听说小偷在打钢笔的主意。记得几十年前挤公共汽车时，有阅历的人一定提醒："小心银包！小心钢笔！"那时，钢笔可以卖到旧货摊去，那里有人卖，有人买。偷了有地方出手，小偷这才肯垂顾。当然，钢笔也有贵贱之别，小偷亦是识货之人，对于"水蟹野"，即当今的"流野"是不屑一顾的。他们盯着的是舶来金笔。

旧时小偷有帮派，有"行规"，据说偷到金笔后48小时内（一说五天内）不准出手。一位父辈告诉我，有位朋友和警察局长有交情，一次在公共汽车上被扒走一支名贵金笔，他一点儿不着急，只向警察局长报告了何时何地在第几路公共汽车上失窃。过两天，就原笔领还了。其中关系局外人怎能知道？

不过，钢笔在公共汽车上不翼而飞，有时也不是被扒窃，而是被"钓"去了，而且"钓钢笔"又是无意为之的。钓钢笔的"钓丝"没得卖，更没工厂生产，它就长在女孩子的头上。半个世纪前，大姑娘喜欢梳孖辫。辫子如果粗壮，甩动起来，的确平添许多风韵。正因为辫子具有良好的柔韧性和灵活性，挤在公共汽车上，它便发展出特异功能来了。由于辫子刚好垂在别人插钢笔的口袋前，汽车一颠一簸地行驶，辫子就一前一后、一左一右地晃动。钢笔套上那夹子受到"诱惑"，有些就不再喜欢衣袋口，而宁可跟了油光发亮的青丝跑了。我曾见过这种场面：一位小姐要下车，大概已有经验，竟敏感到辫子已"钓"了钢笔。慌忙摘下，已是众目睽睽，满面通红，好不尴尬！幸亏售票员机灵，给她接过来，再向乘客询问失主是谁。

当今世界，姑娘已不爱留长辫子，钢笔已被"嫌便宜"，小偷目标则更远大，这些都是当年很难想象的。而今天诸如自行车失窃等现象，在若干年后，大概也会成为陈迹吧。电视里正播映《三国演义》，那序曲末句唱得好："古今多少事，都付笑谈中。"于是，我拿着这出水不畅的新钢笔，蘸着墨水来笑谈些钢笔的故事。

1994.11.27

竹林旧事

　　抗战后期逃难回故乡时我只有 6 岁，连村口都不敢出，三里外的竹林对我来说更是充满神秘感。家里大人也似乎一谈这片竹林就变色。据说那里面很"秽"，进去的人常会莫名其妙地皮破血流。既然莫名其妙，再没有好的解释，便只好认定是鬼魅在"整蛊"人了。我也曾从竹林边经过，看着挤挤拥拥、密不透风的竹林，便觉阴森恐怖，不由得加快脚步逃开。

　　过了 20 年，我被"造反派"赶回故乡接受"再教育"时，竹子已变得稀疏，竹林内已由人脚踩出许多路径来了。我常在竹林里钻，捡些枯竹作柴火。有时直到暮色苍茫，才悠悠然踱出来，始终觉察不到有什么"秽"。大概鬼魅们见我已被"造反派"整蛊得够落魄，便不再落井下石了吧。

　　有一年稻子栽下不久，三化螟为害甚烈，田里到处"竖白旗"——稻株枯死变白。夏收之后一算账，每个劳动日只值几分钱。大家正嚷嚷，生产队长说："别急！好在我们祖宗留下个竹林。明天就去斩竹，能斩的都斩！"我从前只知道晾衣竹和蚊帐竹以及做梯子的竹、搭棚架的竹，这回才懂得区别老竹和新生竹，"石竹""水竹"和"粉旦"。队长联系好了买主，沿河放几

条木船过来。竹子过秤，上船，大家就觉得口袋开始变得沉实了。我当时顺着孑遗的竹梢往上望，蓝天白云中仿佛列祖列宗都在看我们。他们是笑还是哭？真是只有天晓得了。但队长似乎知道一点儿祖宗的意思，不久之后，便决定在小河对岸再辟一块荒地种竹。浇灌新竹林的也有我的汗水，但我并不想以后的哪一代人，又在一天只挣得几分钱时群起而入竹林斩竹。

群起而入竹林的，还有桩空前绝后的事。

话说和竹林隔路相望处，有个生产队的公养猪栏。因为属公养，任何饲料都得掏生产队老本，所以年年亏本。但又因为它姓"公"，生产队不敢不"供"着它，所以就年年亏本年年养。这栏里养出的保证是瘦肉猪，而且颇有运动员天赋，跨栏和百米跑都是它们的强项。一不小心，它们就能逃跑出来藏身于竹林，需要我们紧急动员去"缉拿"。村里劳动力多，这些"叛逃者"一般都在一两天内被捉回。然而猪中也有出类拔萃者，有一头逃出后就十多天都捉不回。这可恼了我们队长。一天收工早，他便指挥全村男女，手持锄头、秧铲、扁担，分路攻入竹林，并声言格杀勿论。我正在中部搜索前进，忽听得南边发起喊来："在这里啊！"接着一连串同样的喊声，声声靠近。我知道立功的时候到了，便高举秧铲严密注视南边方向。果不其然！一个黑东西直朝我滚将过来。我咬牙狠命一击，居然命中其腰。我以为可以顺势按住它了。不料，它只惨叫一声，速度却不减直窜而去。我茫茫然汇在追赶的人潮里，只管向着喊声跑。追到河边，才听说它在围追堵截中仓皇跳河，却欠了泅水本领，结果被人们横拖倒拽扯了上来。胜利回村，这调皮猪便被开膛破肚，做了聚餐的菜肴。

这菜肴，味道差极了，但有幸重温一次原始人的狩猎，却其味无穷。

时光飞逝，我和故乡的竹林已阔别了许多许多年，很想知道它的近况。而据乡间来人说，现在村里的青年都出外跑南闯北，没人斩竹，竹木又已密不透风了。我想，竹林对面那个公养猪栏，一定是以"漏雨苍苔"和它相映成趣的吧。

1994. 12. 11

故乡的泉水

最近我参加了一场象棋赛，棋赛间组织者给每位参赛者一瓶矿泉水。味道怎么样？不知道，因为只顾下棋。下完棋看看矿泉水瓶，才想起这些水据说很有益。正因为有益，才有好心人从深山野岭中舀了，不远千里送出来，每瓶价格数元。想想，也值。假如去驳价，人家就会请我自己去舀，不收费，当然，不仅路费要自付，而且要爬山。所以，这价还是以不驳为好。

这不幸全是因为我住到了城市而遭受的。在家乡时，何曾听说过喝泉水要钱？环乡皆山也，其青翠而有石之坡，泉水尤美。乡下人没有把它们叫作矿泉，却不妨认定它们就是矿泉。棋赛中喝的瓶装水，其中哪些是"矿"味呢？实在尝不出来。专家们用仪器测，才测出一瓶里有多少毫克、多少微克的这种那种微量元素。而只要有仪器，拿到故乡的各个泉眼去测一测，保证也可以测出不少种类的微量元素来。我不相信会有完全不含微量元素的泉水。假如真的证明某个泉水绝不含微量元素，那就更好了，可以在泉边先办好旅游服务行业，再把广告向全世界一卖——"天然纯质 H_2O，世界第九奇迹"，保证生意不绝。而这些纯质 H_2O，售价就要以每毫升多少美元计算了。

要花钱才喝得到的矿泉水，我以为并不比故乡的泉水好喝。究其原因，关键不在于它是否有微量元素，而在于喝水的环境。平日乡居，喝的是村中井水，谁也不会特地跑进山去舀泉水回家的。即使开田，盛水葫芦盛了泉水，回家时喝不完也会倒空它，因为它毫不值钱。问题正是在开田时要喝水。二十多年前，我家乡还是以生产队或作业组为单位出工。有些田在七八里外的山坑里，一去就是一天。除带干粮之外，最要紧的便是盛水葫芦了。当葫芦里带去的开水喝完的时候，就有人大叫："派人去装水！"派谁？最适宜的是派我，因为我是回乡"接受再教育"的，技术不行，耐力更不济，派去装水，是对我的特殊照顾，出自乡亲们淳朴的真心。由此，我得以遍尝环乡所有泉眼的泉水。记得那时，在腰酸背痛之际，能有机会去舀泉水，就简直如获大赦一般。背着提着十来个葫芦，上田塍，行小径，拨开野草，在某个崖边，便亮着一泓清水，上面石缝可能还有点点滴滴水珠，大珠小珠响叮咚。葫芦自然要灌满，而自己的干喉燥舌则更优先实受其惠。那泉水一触双唇，整个身躯便随之一爽，精神也为之一振，太阳不见得那么酷，日子不见得那么漫长，即使另有含一万种微量元素的特特特级矿泉水，也是比不上故乡泉水之味的。

能凭这些泉水发财吗？现在我已离开故乡，住在周围到处在议论"发财"的城市，不免也打过这些"矿泉"的主意。但印象中，它们产量太少。固然，也可以雇人去舀，就像我当年一样，只不过把葫芦换成塑料瓶。但我怕即使打出"纯用人工"的广告，顾客也畏忌它不符合卫生标准，因为所做的毕竟不是汽车、电视机那样的"非进口品"。一"进口"，健康问题就不得不考虑了。

1994.12.18

蛇子冈

　　我的故乡名叫蛇子冈，我曾试翻过一些记载地名资料的书籍，发现蛇子冈这地名恐怕难有重名的。

　　看着这地名，便可想象当年这山冈的情景：在茂林丰草之间，盘布着大蛇小蛇，长蛇短蛇，青蛇黑蛇，毒蛇无毒蛇，不声不响的蛇与会呼呼作声的蛇，绕树垂头的蛇与盘地昂首的蛇，追吃其他动物的蛇与稳当地品尝小蛇的蛇……据说，"金脚带"是"蛇王"，别的蛇碰上它，便乖乖地躺着，让那尊贵的"王"喷着威严的气，游行过来，把蛇身靠近一量。假如"金脚带"较短，另一条蛇便可捡回一命，不然就要做出绝对的无私奉献，让"王"从尾到头陆续往肚子里吞。蛇的吞食本领真是令人匪夷所思，我就亲眼见过一条只有碗口粗却吞了头四五十斤小猪的蟒蛇。

　　先祖何以要来此地面对无比的险恶与艰辛？我很想查查史籍。但回头一想，先祖只是个平民，史籍绝不会记载的。因此便采用《尼罗河上的惨案》的编剧办法，把几种可能性在脑子里编排一番。

　　可能性一：原是被朝廷通缉的盗贼，得到掩护，来此避难。

　　可能性二：开罪了官府或土霸王，在捕快或打手临门之前，连夜落荒而逃。

可能性三：生活无着，债主催逼，躲进深山才可摆脱。

可能性四：税多租重，一身气力，不受制于人，自己另闯天地！

当然，除上述之外，也不妨猜他是为恋爱私奔、因不和出走等。但不管动机如何，那种敢于到蛇子冈安家的精神就值得崇敬与继承了。想来，他的子孙都不至于愧对祖先。三百年来，无论遇到什么天灾人祸，无论损失几何，蛇子冈人没有形成过逃荒的习惯。蛇皮韧性强，乡亲们久住蛇子冈，也许是吸收了点蛇性的缘故吧。

蛇性绝不坏，蛇毒可作药，蛇还会捕鼠，而且效率比猫高。但人类似乎对蛇存偏见。成语说"蛇鼠一窝"，其实鼠的品格比蛇坏得多，时时处处给人捣乱，虽不至咬一口便要命那么严重，但为害实比蛇超出万倍。鼠阴险而蛇老实，然而阴险常被忽视，老实易遭攻讦，后来蛇子冈竟弄到蛇绝迹而鼠横行的地步。鼠辈破坏性甚烈，有一块靠山田，向来收成很好，有一次大队干部来"检查生产"，捡出这里有条几斤重的大蛇，便群起而捉之，开了蛇餐。从此，那块田便颗粒无收：鼠辈不是和人分谷吃，而是把禾都咬断。后来，蛇子冈的老鼠越来越猖獗，花生和玉米都被鼠辈搞得人不敢种了。

乡间最可怕的不是蛇，而是鼠！无论怎么会奋斗的人，都很可能败在老鼠的爪牙之下。为对付鼠，绝对需要蛇。

蛇子冈应该有蛇，否则会蜕变为"鼠辈冈"的，但愿乡亲们警惕。

1994.12.25

《弹歌》驰想

　　《弹歌》，华夏先民制作弹弓狩猎之歌："断竹，续竹。飞土，逐肉。"先民见野兽披毛，便叫它毛虫，龟蚌披甲叫甲虫，鱼类披鳞叫鳞虫，鸟类披羽叫羽虫。看看自己族类，鳞甲羽毛都不披，便自称裸虫。裸虫和毛甲鳞羽虫作生存竞争，无所披挂，似乎劣势明显。莽莽荒原，巍巍山岭，对什么"虫"都平等看待。雨骤风狂，雷鸣电闪，造物主也毫不特别宠爱哪种生灵。裸虫要生存要发展，就要以其他"虫"作食物。而可作食物的一部分毛虫，却往往要倒过来找裸虫吃。还记得景阳冈上的老虎吗？那就是匹"吊睛白额大虫"。在远古，老虎的祖宗叫剑齿虎。老虎还带上利剑般的獠牙，想起这凶相，就难免不寒而栗了。裸虫与毛虫的争斗，应算是远古自然角斗场上一场最大的赛事。现代的考古学，手段高明，在中国版图内，处处标出有古人类遗迹。看一篇发掘文章，我就想问一句：他们可有后代遗存吗？据学者推算，旧石器时代世界人口百年增长率不超过万分之十五。有些群体繁衍生息，数量变多了，有些人群全体覆灭了：这才是当时实际呈现的世界图景。

　　谁兴旺？谁覆灭？没有导演派定角色。手长者兴，手短者灭!

棍棒是手的延长,投掷出的石块是遥控的拳击,而用竹制弹弓发射石弹,更可与武侠小说所讲的凌空封穴位相比了。

伟大的弹弓的发明者是谁?他没申请专利,档案上查不到了。当时大概连评先进、发奖状的事也没有。他只湮没在自己的族类中。

整个族类热火朝天地斩竹子,制弹弓,在人喊兽哮、兽窜人追、尘土飞扬之后,猎物便成了一堆可吃的肉。看着《弹歌》这句"逐肉",我真不敢轻视先民的艺术细胞。任何梅花鹿、黄羚羊、花斑豹、白额虎,都不是动物,只是肉。唱这《弹歌》的氏族已经用豪气占领全部山野,宣布裸虫与毛虫的决胜局已经赛完了。

远古没有独唱,婵娟小姐也好,女婴小姐也罢,没有她们个人出风头的机会。《弹歌》一唱就是大合唱,而且必有相应的集体舞。那是整个群体在回味、在自我教育、在培养一种精神力量。有歌声的族类才有本族类的凝聚力。有凝聚力的族类才是"裸—毛"大赛中裸虫队的选手。

古人类遗迹中发掘出一枚骨针,表现着一点儿物质文明,而远离遗迹、四海漂泊的一首《弹歌》,则表现出一种更有价值的精神文明。会制作、会使用弹弓的,可能依旧做着裸虫;而制作、使用了弹弓之后高唱《弹歌》的,就成了可以自动升格为人的料子。

1995. 3. 14

落星湾畔过年时

1959 年春节时，我还是个尚在试用期的教师，在江西省星子县星子中学任教。我掂量了一下钱包，觉得寄给远在广东的父母比买火车票回到父母身边好，于是便选择留在学校过寒假。

校园冷冷清清的，天上却飘来无数乌云，雨夹杂着雪花一齐落到地上，寒气逼人。学校位处鄱阳湖落星湾畔一平冈，南端横着座食堂。食堂建在古城墙上，本来高高地俯瞰着波涛、帆影、木排，但时值隆冬，湖水退到最低的水位，整个落星湾看到的只是裸露的十里湖洲，晴时一抹灰黄，雨后一片赭黑色。假如下场大雪，可以制造出"白茫茫大地真干净"的效果。但江西的雪景维持得不久，终于仍是赭黑色。这偌大的荒洲上有时会有一些黑点在移动，那是挨年近晚赶办年货的乡下人，一脚深一脚浅，在依稀可以辨认的别人的脚印上走，给寂静的落星湾带来一点儿热闹。这些人向县城里来，贪近，不绕路过桥，便在城边涉过小溪。看着他们脱鞋、卷裤管，我的心也在打寒战。

小溪是从庐山三峡涧流下来的。三峡涧上的观音桥边，有个"天下第六泉"。城边这段溪流是小渔舟的湾泊处，渔民的年夜饭菜用这些流经"天下第六泉"边的溪水煮，味道一定很好。几十条船一齐升起炊烟，让人知道世界上并非只有湿重的雨雪和浓云。

雨雪天的确很烦人。我住冈北，三顿饭都得顶着风雪来回共走一里路。落星湾的北风特别有劲，倘撑开广东造的布伞，立刻"反骨"，再一松手，伞化作降落伞飘去。须用又厚又重的油纸伞，而且只能半开着遮住上身。每顿饭后回住房，首要任务就是在炭火盆边烘裤管。

终于盼到天晴的日子。阳光烘着，水汽似有如无地笼着洲地。船上的妇女纷纷到岸上晾晒渔网、衣物。男人结伴上街，提着酒瓶，孩子们追逐嬉戏。我端着饭钵，悠悠然感受着新春的祥和气氛。忽然，有位同事向远处一指，惊叫起来："那是什么？"我抬眼望去，看到的是小溪上游出现一团高大的会移动的怪物，而且似乎听到了它的咆哮。紧接着，船民的惊慌喊叫已彼此相连，船上的往岸上跳，岸上的往高处跑。一两分钟后，那怪物已咆哮着滚过来。我看清了，是一股凶猛的山洪。山洪毫不留情地把沿溪所有船只掀翻，抢掠了船上的一切，等到妇女的哭声刚刚汇聚得起来，水势已趋平复了。

大好晴天，哪来的突发山洪？此后一两天，人们传说开了：是新建的观音桥水库瞬时全面坍塌，放出了这头怪兽。原来，在不久前的1958年，一位县领导指挥修水库，嫌工程技术人员说这样不合科学、那样违反规程，觉得知识分子总不是革命的料，那么多条条框框，怎能"大干快上"？一怒之下，干脆把科技人员都撵走了。他自己干劲冲天，调度着千百民工把一担一担的红泥堆得高高的。没多少个日夜，便已又"快"又"省"地把水库修"好"了。谁知"喜报"还贴着，三峡涧的水却故意作弄了这"劳苦功高"的领导。除了几十户船民倾家荡产，还有沿溪的可耕地铺上了一层很难长庄稼的红泥，一齐让这位领导栽了跟头。

这件往事离现在已经很久远了，我忆述它的目的，是希望人们今后再也不要做不尊重知识分子、不尊重科学的傻事。

1995.4.2

黄海章先生印象记

"腐恶"这词如果我不是第一次从黄海章先生口中听到，那也是第一次注意到。因为黄先生说这个词时，那神情才是使我印象极深的东西。其时是 20 世纪 50 年代中叶，我在中山大学中文系念书，而黄海章先生是该校中文系教授，给我们上唐代文学的课。他讲李白痛骂权贵的腐恶，我简直觉得是他自己这样骂。国民党统治时期，我虽只十来岁，但也并非全不知世事。父辈对旧社会权贵的痛骂常萦绕耳边。在中华人民共和国成立初期社会良好风气映照下，人们对"腐恶"一词深恶痛绝。我想，黄先生对权贵的愤恨，大概不会只是针对唐代笑里藏刀的奸相们的吧。

敬仰黄先生之心油然而生，颇想拜访他。然而我生性喜欢独个儿躲着读书，怕人打搅。以己度人，也怕打搅了爱读书的人。看黄先生在讲堂上口若悬河、旁征博引，想必平日总是闭门苦读的。因此，长期未敢去敲他的门。

然而，不曾想机会竟就在眼前。当时我家住广州市，每个星期天下午自家里返回中山大学，有时乘车，有时乘船。而如果在下午四时左右到达码头，大抵可见到黄先生。起初我见他静坐一角埋头看新买的书，也踌躇过。其后不知怎么一来，我已坐到他身旁向他请教了。一提问题他就高兴，合上刚才看的书，详详细细地阐述，只可惜船码头和船上都没有黑板，有许多词语他生怕我听不懂，常要重复说明是哪些字。

从此，我把星期天买车票的钱转给轮船公司了。有时我提不出问题，黄先生就反过来问我。我是十问九不知。要是对旁人，我会尴尬的。唯独对黄先生坦然，因为他先自坦然。我答不出是他意料中的事。他与其说是提问，不如说是在提醒：哪些书该读，哪些问题要想。

黄先生当时没带家眷来校，来去飘然。于是，有传闻说他是还俗的和尚。和尚？我记得《苏曼殊全集》附录里有黄先生的悼念诗，颇动真情。黄先生敬慕苏曼殊，苏曼殊是和尚，黄先生当然有可能去做和尚。再者，既然黄先生痛恨腐恶的权贵，为免于和那般东西打照面，的确也有遁入空门的可能。另外，从他对我这样的天资驽钝者依旧循循善诱的态度看，我也宁可相信他有慈悲为怀、普度众生的宏愿。于是这三十年间，我每想起黄先生，就随之浮起一个和尚的形象——当然不是给人家做法事的身披袈裟汉子，而是个大德高僧。

可是，这个虚幻的和尚形象在前几年时被中山大学中文系教授邱世友先生打破了。邱先生和黄先生过从甚密，甚知底蕴。据邱先生说，当年某名山大刹住持确有荐黄先生代己之意。黄先生去了，但不久便下了山，因为他得到一个启示：佛门距离西天还相当遥远。既同为是非之地，又何不在人间！鲁迅曾嘲笑拔着自己头发要离开地球的人，我敬爱的黄海章先生可不在其中！

黄海章先生前几年仙逝了，但他的研究中国古代文学的文章仍在社会上流传，为后学者起着指引的作用。我想，黄先生在天之灵亦可瞑目了。

1995. 4. 23

"那边坑"随想

今年清明时我回了一趟家乡，只觉家乡很遥远，连逝去了的一些关于家乡的往事在我的记忆里也好像很遥远了。出村口东行，上冈，前望，远远那边，其地被村中父老称为"那边坑"。"那边坑"由一条一条弯弯窄窄的山坑组成，坑内平地，大者不出两亩，小者只有几分。有些田，水特别冷；有些田，水上浮一层斑斓的油彩。它们具有地力薄、蚂蟥多的共同点。庄稼长不粗壮，蚂蟥却都属良种。

二十多年前，我们一村人每年总要和这些山坑打几回交道。凌晨四点，生产队长便挨家挨户叫醒大家做饭，吃一顿带一顿，赶早起程，到蚂蟥堆里插秧、除草，到永不干涸的烂泥田里割禾。投入多，收获少，但田一定要耕。改种别的东西不好吗？不是不好，是不准。"以粮为纲"嘛，怎能怕蚂蟥、怕冷水烂泥？

路该是从这里走去的，怎么认不得了？族弟告诉我，这条路极少人走了。只有他，因为在这一带种了果树，还常经过。我在清明雨中凝望，依稀记起那座山塘，当年有水鸭子飞；再转入乱山深处，还多次见过长尾雉鸡；更幸运的一回，是见过一只黄羊，撒开四蹄，从一个冈窜向另一个冈。那时，所有山上的松树，碗口粗的都被砍去，所有山上的"牛毛"草，稍长一点儿的也都被割去：卖松木、山草是全村人唯一的副业收入了。没有浓密的草木，那些野雉黄羊怎么栖身？我很难想象。但现在族弟却提醒我："再往前走，小心碰上野猪！"

挑谷很辛苦，记得自从那年生产队买了手扶拖拉机后，我们就全村出动，向"那边坑"修了可让那宝贝铁牛来回跑的路。但现在，这路基本上已崩塌了。我脚下的这一段，就被野草挤得只剩下十来厘米了。轰轰隆隆的声浪不再惊扰那些水鸭野雉，而成长中的松林，也许正在酝酿着澎湃的松涛了吧？大自然不可能只被寂静笼罩着。

"那边坑"丢荒了。昔日上百劳力长途奔走的场面消失了。那些曾把咸虾、豆豉、榄角、腐乳给我下饭，分些木薯、番薯、芋头、玉米给我充饥的叔伯、婶母、兄弟、姑嫂，有些已迁居到镇上，有些穿州过省去谋生，有些甚至出国了。二十年前的旧路缩窄了许多，而人的活路却得以无限拓宽，值得！今天匆匆来去，见不着原想见的人的十分之一，倒是见了一大批不知名的小孩。从前这是一条"寡佬村"，自从遗下用泥巴堆叠的"独头屋"，另用青砖水泥建造起"新村"后，村里再难见到"寡佬"了。我问族弟："假如我回来建一座房子，需要多少钱？"答道："十万元左右。"我心里只叫得一声惭愧。

我这回是回乡祭祖坟的，一天来回，不敢多耽搁。汽车像小船驶入风浪区一样颠簸，旁边是一堆堆准备用来修路的石子和沙。明年再回乡，我想大概可以在六车道的水泥公路上飞驰了。

1995. 6. 11

对文化传统的思考

　　民族文化传统，好比人的神经系统。假如送个精神病人去求医，医生提出要把整个神经系统切除，另换一副，试想，病人家属会同意吗？倘若这病人还有清醒之时，也会想：换掉神经系统，那身躯还是"我"的吗？即使病人病情较重，也没有家属赞同切换，又试问那位医生：这一手术怎么做？

　　文化传统和传统文化是两个不同的概念。阿Q反映着传统文化的一部分，却没资格代表文化传统。文化传统是一个民族贯穿古今而不变的一种文化精神，它支撑着民族的生命。学者多以为儒学代表文化传统，其实不对。孔子说自己述而不作，我们觉得他谦虚，而在他自己看来，只不过是说出了实情。他只觉得自己在做着文化承传的工作，至于华夏文化精神，比他所领悟的那部分要浩瀚得多，所以他不敢自认代表。孔子千里迢迢向老子讨教，得到一番感慨，"天何言哉"，从此对性与天命便不肯多言。他对学生们说"吾道一以贯之"，曾参解释那"一"是"忠恕"，未必符合孔子原意。"顺天"才是孔子之道的最深底蕴，是他对文化传统最透彻的领悟。"唯天为大，唯尧则之"，尧能成圣人是顺天的结果。

孔子孟子们为血族利益而讲顺天，但听他们讲的内容人们未必领会得了，或者未必真心去领会。孔子骂"乡愿"，似乎已预测到顺天学说的未来命运。大凡主义、学说的破产，往往是因为有人假扮这主义、学说的信徒，寻章摘句，曲意引申以谋私利。假以时日，就不愁这主义、学说不枯萎了。只要肯翻史书验证，便知道这是人生几何上的一条基本定理。"乡愿，德之贼也"，就因为乡愿扮作德的样子，是个假悟空。

任何事物都要吐故纳新。传统如果没有吐故纳新的功能，那就如一潭死水。然而，中华文化传统真没有吐故纳新的机制吗？以生命哲学为核心建立起来的中华文化传统，竟不知生命要吐故纳新吗？孔子面对着也只敢述而不作的文化传统，如此浩然沛然，流转到工业社会，竟像一条小小的内陆河之消失于沙漠吗？顺天而且承认大化流行，流行到一个新阶段，出现了新情况，这天就顺不下去了吗？

困难早已发生过。汉文帝宣室求贤访逐臣，李商隐责他不问苍生问鬼神，其实他正是要为苍生而发问的。汉文帝坐上皇位前的几百年间，动辄伏尸百万、流血漂橹，为的只是王权与宗族权分离。坐在大一统皇位上的王，很明白自己的历史使命：要代表全民族利益。否则，天下还要杀人盈野、杀人盈城。他又懂得：得天下全靠兵马，而守天下则系于文化。不利用文化传统，肯定守不住天下。然而，天下刚一统，中原文化、楚巫文化、滨海文化便互相间撞击，其势头未必亚于近现代的中西文化冲突。如何化冲突为融合，是汉王朝面对的难题。访逐臣而问鬼神，体现了一种负责任的思考。长期思考的成果，是出了个董仲舒。在我们看来有些匪夷所思的天人感应之学，竟是当年唯一可以成立、应该成立的顺天学说。它依然以宇宙是生命流程为总体依据，它仍然以民族的生存繁衍为指归，它更巧妙地发挥了精于互补的中华智慧，因而融合了多种元文化，为社会生产力发展确立了汉时最适合的社会秩序。有时我真会想，有些史学家总以现代标准要求古人，怕不怕将来的史学家如法炮制？比方说，到了共产主义社会，劳动是自觉需要，做完工作领工资，做完报告领车马费，发表文章后去催稿费，该可冠以反动罪名了吧。史学家们何不现在即实行见钱就扔，以确保历史清白呢？史学家现在不扔钱是对的，董仲舒从前推行天人感应论也是对的。顺天可以顺成汉儒那个样子，文化传统意识浅淡的人真无法想象。但董仲舒地下若逢孔夫子，一定能得到赞赏，因为孔子本人即讲损益，是"圣之时者"，亦即"摩登圣人"云。

思考过董仲舒，再想想中华文化传统与佛学的融合，我们就可以确信，形同水火的东西，也只是宇宙生命流程的不同侧面。生命流程在无限展开的过程中，即使是水与火，也可能找到其相通相汇之处。广州卖过油炸雪糕，科学家探索着用海水生产核能，正是不相容处亦相容的例子。我们民族的文化传统，正因为无限关注生命流程，通过直觉领悟，早就积淀着把握生命流程的智慧，以支持传统本身成为一个生生不息的开放系统。有人说传统重集体轻个人、重义轻利、重精神轻物质、重和谐轻竞争，摆出不少事例，但如果找反证，同样可以十天十夜摆不完，问题的关键在于那些人没真正把握中华智慧的精华。反映西方近代工业文明的书读多了，很容易失去动态把握的能力。生命既是流程，就必然变中有不变、不变中有变，方可方不可，方不可方可。要把握任何生命流程，如民族的命运，必须综合评估所有有关条件，才能判断某种认识、措施是可还是不可。中华智慧排斥绝对的肯定或否定。在其深层意识中，两端的任一端都可重可不重。重与不重，全依生命流程展开的具体情况而定。

中华智慧精华在于互补。中华文化传统造就的智者，深知任何命题的背后都潜藏着反命题。德的背后是刑，无为背后是无不为，"十则围之"背后是"围师遗阙"。这岂不是只剩下一套滑头哲学？不！既然任何命题背后都潜藏着反命题，那么，"任何命题背后都潜藏着反命题"这个命题也就应有其反命题。这就是说，在一定条件下，任何命题又都是可以坚持的。该坚持而不坚持，不该坚持而坚持，都错。我们古代的思想家之所以不喜欢公式，是因为他们都是"务为治者"，而治世最忌的就是公式。他们的专业思想很牢固，只求道。你想求器，找工匠去！樊迟问种田知识，孔子就叫他去找老农。排斥公式是为了中庸，即要达到"中"和"和"。一对矛盾，不能只顾任一方，要找到双方都能接受的"中"点。多对矛盾交织，也要找到大家都能接受的一点，达到"和"。

细心寻绎，中庸是有原则的，那就是有利于民族乃至全人类的生生。孔子最早倡仁，仁是什么？桃仁、杏仁为什么叫仁？麻木为什么叫不仁？古哲人已解释过，仁就是生生，着眼点在生命的繁衍。而"天"也只以"生"为道。所以，提倡"仁"就是主张顺应以生为道之天。而中庸是仁的操作。总之，如何有利于生生就如何做，毋必毋固就对了。毋必毋固即吐故纳新的有效机制，毋必毋固，永远保持一种强大的融摄力，是文化传统日日新的生命奥秘。当社会生命流程展开到一定程度，遭遇新的历史课题时，真能顺天的人，总可以在"生生"的总思路上找到历史与现实的契合点。从当年的穿着草鞋打土豪，到今朝的坐着汽车请富豪，可以转接得顺理成章。但可惜懂此理的理论家不多。保守者把适合前段历史的顺天之理视作永恒，激进者又总想一刀割断历史。有些人在某个阶段实现了契合，再过一个阶段，又随着爵士乐曲蹦将起来，落到一极上，或者在两极间跳来跳去。但这不是传统的错，倒是失落了传统中华智慧的恶果。

中华文化传统要讲变中有不变、不变中有变，方可方不可、方不可方可，总之绝无公式可以代入。这就要求灵活掌握，要求有悟性。悟性从哪里来？从文化积淀中来。说起来好像很奇怪，中国历史上有许多出色的儒将，没有读过军校，更没留学欧美，只读经史子集，也略读一点儿兵书，却创造出不少别出心裁的战例。现当代有些大科学家，其古文化根基深厚，其触类旁通的能力也匪夷所思。中华民族的慧根、悟性真是逻辑所追踪不了，却又是的的确确存在的。它就用文化积淀做着世代相传的接龙游戏。

历史从来不自己注定什么，孟子说："五百年必有王者兴。"深信之外也有悲哀："王者"不是随时可遇的。深晓文化传统者未必在位，只好白发渔樵江渚上，惯看秋月春风。而古时的在位者则未必感觉到文化积淀的重要性，兴亡多少事，不在话题中。那时的在位者必自以为是"王者"，而所信用的自称孔孟徒子徒孙者却常把祖师爷涂抹成各为己用的招牌，或者因平庸而阉割了精深的见解，文化传统和传统文化由此被混淆，成为一团乱絮般的"传统"。爱国志士对着这"传统"重拳出击，假如对象看得准，只打该打的，那就好。然而，当"打倒孔家店"口号喧腾之际，热情澎湃的拳击手就有点儿像李逵，只管排头儿打将去了。

文化传统一旦成了清剿的对象，文化人若要找归宿，便只有寄望于想象中的美丽新文化。据说只要向工业文明飞跃，历史就注定会出现新文化，使旧文化黯然失色。一群老鼠在《伊索寓言》里开会，想出在猫颈系铃以便走避的方法时兴高采烈，等到议决如何执行时可就痛苦了。"向工业文明飞跃不需要文化参与"的想法，当然妙极。而倘还不至于想得这样天真，则必须追问：这飞跃凭怎样的文化精神支持？既然注定出现的新文化要产生在飞跃之后，则飞跃之前当然只能在旧文化中遴选了。即使是引入马列主义，要用以解决中国问题，还得有赖于深识中华文化的领袖。脱离文化传统而飞跃，不免引起要飞到哪里去的担心，至少对各级官员的文化人格就应引起广泛质疑。

曾高举"打倒孔家店"旗子的人实在还未搞清店里售卖的是什么。他们真的已被批判的热情烧得脑筋短路，虽然知道不该到书店去买炸药，但硬是觉得孔家店没有向自然索取和自由竞争等货色决不可忍受。

其实呢，孔子所办的私学，不妨参考司马谈六家皆"务为治者"的说法，称为"务为治者私塾"。孔子的言论大多是授课讲义，针对性很强，说的是作为"务为治者"该有的伦理政治学识和人格修养问题。他循循善诱，重点是指导学生汲取文化传统的营养，建立高尚文化人格，以备在官场派上用场。

孔子的思路是，形而上决定形而下，有了高尚的文化人格，办外交也好，办内政也好，管农林也好，管交通也好，起码能向民族向社会负责。有了责任心，有了文化积淀，就可以进而发挥文化传统灵活处事的优势，把事情办好。修养是本，做事是末，本固则末荣。至于具体学识，则还须另请高明来指教。樊迟是在职进修生，向孔夫子"问稼"时，可能正分管着农业。孔夫子"多能鄙事"而不答，意思是责备樊迟没把注意力放在根本问题上，并非认为治理社会可以纯粹以外行身份指挥生产。孔子所办的私塾，办学目的明确：培养文化人格，为社会保证官员的道德文化素质。不讲其他学问，是由其性质决定的。猫可能善捕鼠，也可能依在人怀里当宠物，孔子只负责调教各色猫等建立捕鼠自觉性，不负责教它们东西跳梁不避高下。

儒家学说不是民族文化传统的全体，只是后者在一定时期、一定问题上的体现。儒家可以启发我们抓问题关键，启发我们汲取和运用中华智慧，却不可能指导我们处理一切具体事情。发展了的"天"，要由我们审时度势去"顺"。超越儒学力所能及的范围，批它也好，捧它也好，都欠冷静。解决中华民族问题的，应是再度高扬的民族文化传统。任继愈老先生说："政治家缺少哲学，这是世界治理难收成效的根本原因。"万里长城的砖石并非特殊材料，其之所以不倒，是因为人心有个默契，始终以文化人格衡量官场，要求官员尽可能具有中国生命哲学的根基，以天下为己任，以生民为同胞；并进而要求他们从文化积淀中培养出动态把握世界的能力，吸收古今中外知识多多益善，而运用之妙存乎一心。历史上纵使出了许多范进，但都是操作不当的问题。而操作不当，其实是当权者吃不透文化传统，究天人之际时出了差错的缘故。有专开原配蟋蟀作药引的庸医误人，并不足以据此宣布中国医学破产。中华人民共和国的缔造者，是对文化传统理解较深透的老一代领袖人物，不是那些"百分之百的布尔什维克"。甚至最布尔什维克的列宁，他能想象有一场主要由农民出面战斗的无产阶级革命吗？"社会主义市场经济"石破天惊，提出这样的概念，就显出了中华文化传统。

今天，倘能究天人之际，深知一是要有个以全民族利益为处事原则的最高领导集团；二是要培养千千万万有高尚文化人格、掌握中华智慧精华而又善于摄取域外知识的各级干部；三是要真正把教育，而且是建立文化人格的教育，放在首位，则乃民族之大幸。世事不可强为，但人起码要存赞天地之化育的心。难道春花开落，又是春风来去，便了却韶华？花外春来路，芳草不曾遮！

Heb^6 blang^6 臆说

"通通""全部""所有"的意思，用广州方言表述为 heb^{6}blang^6。

怎么会这样说？文献无考，来龙去脉查不清。

于是，有各种臆说。鲁迅来了一阵子广东，据说对它的印象竟和对"广骂"的印象一样深刻，因而也忍不住参加臆说，说可能是"咸百能"的音转。

中国学术传统素重证据，而且严到"孤证不立"。但大学者有时也不得已而臆说。王国维在解《诗经·豳风·七月》的"九月肃霜，十月涤场"时，便凭一点灵性说，释其原意应当是"九月肃爽，十月涤荡"。有什么经典根据？没有。但这样解释却十分得体。"最合理的解释就是最好的解释。"

王国维有臆说，鲁迅有臆说，我辈可否也来个臆说？

以前的规矩，照鲁迅说，是"文豪则可，我辈却不可"的。现在阿Q早就大团圆，小D相信已剪掉辫子，而且可能正做着如何投奔革命的回忆讲话，时势大大不同，讲平等了，文豪既可，我辈也该可的。

于是，我就斗胆臆说如下。

鲁迅从词义着眼，我从背景着眼。

老百姓许多知识来自戏台：鲁迅指出这一点，对我启发很大。我想，知识倒还在其次，直接受影响的该是语言。"红船"上人靠口齿伶俐挣饭吃，因而充满语言才气。而当时又很少有定型的剧本，戏棚大半是自由发挥的天地。"开戏师爷"只搭"桥段"，这一场是"桥上相遇"，下场是"桥下打架"，第三场是"桥边哭丧"……只有一个大致的戏谱，生、旦、丑各唱什么，请各位自行"爆肚"。要唱二黄还是慢板，打个手势，棚面乐队给你起板就是。这段粤剧史延续很久。中华人民共和国成立前，据说小报记者去记录马师曾的唱词，居然录得往往有出入。许多年后，笔者在中山纪念堂看罗品超演出，他唱的说的，用词也颇异于字幕打出的。

"爆肚"是件好事。我当教师，讲课有时也"爆"出备课时未想到的话，而学生则说这些话特别精彩。"爆肚"这词，生动且精确。它是说，某些词语由灵光一闪而"爆"出，但它们又是从"肚"里来的，绝非无源之水、无本之木。这说法很符合近几十年一味讲的"唯物主义"的"合尺"。

人总爱灵性，逗小孩也喜欢他调皮一点儿，听唱戏当然也有对灵气的敏感。为了不辜负舞台上的那股灵气，或者为了显示自己觉察到这股灵气，观众就把舞台语言运用到日常生活中。你如此 $ya^4ya^4wu^1$（低能，其源与 heb^6blang^6 一样无考），真是 $ko^1lao^1ye^1$（可恼也）：这类词语是四五十年前经常听到的，只是后来已随粤剧的"进步"逐渐消失了。而在未消失的时候，"戏台官话"以其间或爆出的灵气渗入日常用语是正常的现象。"$blang^6$"就来自戏台官话。

粤剧出于汉剧。汉剧语言属官话系统。粤剧是汉剧的分支，便讲成戏台官话。不知汉剧是否有意吸收元杂剧的语汇，总之我听到那"blang^6"的音响，就想起张君瑞在普救寺的唱词："颠不刺的见了万千。"翻过元曲词语辞典，知道还有其他的用"不刺"的例子。"不刺"应是修饰语的附加成分，有音无义，专用来增强舞台语言的生动活泼感。作为早期粤剧演员，承受了师父和师父的师父以及师父的师父的师父的衣钵，"肚"里肯定有这"不刺"在等机会"爆"。而如前所述，那时的舞台真是"爆"机四伏。于是，就可能出现如下的对话：

A：阖府统请。

B：阖府统请吗？

此时如果 A 接着还来个原话重复，就显得笨拙不堪了。欠灵气的演员是难以"扎起"，成不了"大老倌"的。这还了得？于是，他心底一缕灵光便直冲嗓门，把"肚"里的料"爆"出来：

A：阖——不刺请！

石破天惊！

"不刺"这个零件，放在"颠"或别的什么字后面，至多不过是酒家走穴的"野模"；而一归附"阖"字，却明艳光云海，星河影动摇，变成拥趸千万的超级名模，把"通通""全部""所有"之类曾招摇一时的词 heb^{6}blang^6 比了下去。"颠不刺"并非随时随地可用，"阖不刺"则具有普遍品格。一经从舞台上

"爆"出，观众立刻觉得新奇、好听、有味、顺口，散场后便马上给它宣传，试着使用，而且一用就灵，给自己的口头语平添了许多生命色彩。间接接受者也有同感，如此这般便传用开了。经过音韵学家指出的"一音之转"后，"阖不剌"就变成 heb^{6}blang^6，加了个 – ng 结尾。

倘问我这演员姓甚名谁，答曰："待你研究出数以吨计的鸡蛋哪个是'小三白'，哪个是'大二黄'所生之后，我就可以告诉你。一言为定！"

1995. 12

看舞龙

看舞龙，未必懂得舞龙。

舞狮有定格，舞龙却绝不！

舞龙者很累：手不能停摆，脚不能停步，眼睛不能不看四面，耳朵不能不听八方，只能全神贯注、瞻前顾后、相互协调。你看那换手的：占好地位，瞅准时机，一个箭步蹿上去，接好班，手势还是前人的手势，步法还是前人的步法，其间容不得半点疏漏。

一队舞龙的好手，把龙舞得或蜿蜒游动，或盘曲起伏，变化不已。

变化不已的才是华夏之龙。

请别动用西洋解剖刀。华夏之龙无形无质，无从动刀。

舞出来的不已是形质了吗？不错，舞着的龙有头有角，有身有尾，然而那不过是抽象的功能具象。

龙只是功能的具象？功能也可具象？只会拿解剖刀实切实割的西洋人和准西洋人难以理解。他们要是想理解，必须浸淫于中华文化传统之中，彻底改换思路。

龙，兴云播雨，是生命的功能。功能也能具象，这是中国智慧，这是中国艺术。

在中国，智慧就是艺术，艺术就是智慧。

中华智慧是生命智慧，中华艺术是生命艺术。

中华哲学和中华美学都关乎生命，和讲唯物与唯心、本质与现象的西方学问不同。西方学问要学习、吸收，但不可丢掉我们民族原有的生命智慧、生命艺术。让我们重新关注生命吧！

不主故常，生生不息，这是生命的真谛。

看舞龙，要看出中华民族的生命体验，要涌起中华民族展开生命的激情。

1996.7

故园春晓

　　好像有所为，又好像毫无目的，一早下床便向村外走去。昨天回村的路上，坐在汽车里伸头向两面看，看不真切，只是大体上感觉到：一切都变了。

　　连天气都与往年不同，时近清明，却不见雨。清明时节既不雨纷纷，路上行人就不至于欲断魂，好！趁这破晓时分，独自到故园各个旮旯逛逛去。

　　我发现，鱼塘显然多了，连成带状系在村前。有眼塘刚刚扩大注水，随着轧轧的机声，一股水流从渠道奔泻而出，在塘底分成几路汇向中心。

　　晋叔在塘边正指点着小儿子："这塘放不得鲮鱼。"他又用眼询问我。我知道村人一向尊重我这知识分子，但我实在惭愧，只能稍稍作点发挥："北边无遮无拦，是放不得的。"说罢不敢停留，信步走开了。从前生产队一切有上头出主意，鱼塘卖了鱼大家分钱，网了鱼大家聚餐，鱼是怎么养的，我何曾过问过？

　　倒是对面山我过问过。我领着村里的一批学生开垦对面山，种了甘蔗、花生、大蕉。那时的山一眼看得尽，斩蔗时，手扶拖拉机就在山丘上横来竖去，处处无路处处路。但现在，青雾如

纱，笼罩着的是一片大松林，像个戒备森严的兵阵。到得山前，早已隐隐嗅到松香。踏上山坡，脚下软软的，是无数松针铺成的地毯，有些枯黄了，有些还青绿，显得斑驳，而湿润的泥土已沤得它们发出点霉气。一只鹧鸪在山顶啼叫，不久，远处有了和鸣，半个世纪前孩提时代对大自然的那种神秘和投契感，仿佛一下子被它们唤醒了：那密密的乔松以及那清爽与发霉混杂的松林气息，曾是那么亲切，又是那么生分。我缓缓挪步，并在记忆库中搜索从前的祥和恬静。松林越走越深邃，忽而想起堂弟的警告：有野猪！我不由得惶恐，在荫翳中退下了山坡。

山路不好走，去看看水吧。从高高架在旧板桥位置上的公路桥眺望，弧形的溪流，弧形的沙洲，弧形的竹岸——有好几丛竹应是我种的，但已认不出了——一片淡黄，一片浓绿，只是原来清清的溪水变浊了，而且浊得揪心。从前读唐诗，很叹赏那"任是深山更远处，也应无计避征徭"，现在是无计避污染了。我有点儿觉得自己犯傻，照理说，我回村的日子绝少，村里又有自来水，洗澡也不用到溪里，对污染耿耿于怀却是所为何来呢？

变浊了的溪水破坏了我的好心情，回村路上看到开田的乡亲也只敷衍着问好，直到碰着顺兴，心情才有转机。顺兴是我从前的学生，当时很腼腆，如今交谈起来则口若悬河。他告诉我，现在种田舒服得很，不用插田，只需站在田塍上抛秧苗。"我两公婆一上午就可以种完几亩田。以后的事由她去管，我下午就一条心出去做工。"怪不得村里已很难看到年轻小伙了！他们结队出外做装修工，足迹遍及神州各大中城市。我知道，锡伟和锦暖都是"包工头"，而村里人一致说他们很关照村中弟兄。

回到堂弟家，一起上山祭了祖，饿了，回来赶快开饭。啊！

黄栀子糯米饭团、蒸鹅、熟鸭蛋、菜干汤……上坟时注意力分散，现在才猛然想起：我终于见着许多世纪以来不变的东西了。而且，我对它们的食欲也从未减退过。正要举筷，门外忽然响起洁姥的声音，她要把一包亲自种出来的黑豆送给我。饭桌旁所有的人立刻都站起来，一齐搀扶着这位腰曲成九十度角的老太太落座，给她盛饭，往她碗里搛肉。老太太对我说："我每次来，他们都留我吃饭。"堂嫂紧接一句："加双筷子，打什么紧！"这顿饭我吃得很慢，我总从眼前的洁姥联想到从前的念长公。他们的腰一样弯，而他们的菜园也一样找不到一根杂草。

当我重新坐上汽车回忆这故园春晓的见闻想象时，我才明白自己踽踽独行，实在是有所为的。我执行了潜意识的命令，从变中寻出了不变，而且寻出一个信念：有所不变才能有所变。

1997.9

滕王阁感怀

"时维九月，序属三秋。"我居然挑中这个时令上滕王阁，颇有点儿像王勃了。但王勃是坐船去的，还留下"时来风送滕王阁"的传说。而我，乘的是火车，起风与否全没关系。

南昌人重建滕王阁，规模气势极好。旁边的辅助建筑，消除了一阁孤耸的突兀。而相对远离市区高楼，便使矗立江边的仿古建筑真的具备了古时的气势。望之是"层台耸翠，上出重霄；飞阁翔丹，下临无地"，登之而望，则仍可见山原川泽的自然景色。秋水与长天自在眼前，而落霞与孤鹜可见与否，则是各人自己的造化了。

不过，我怀疑，王勃是否也在滕王阁上看到落霞孤鹜呢？虽说那文章真属即席挥毫，但古代文人笔下的东西，也有只是想象的而非事实的。《滕王阁序》之名震一时，除辞藻之华茂，还有动人的心声。时移世易，我们漫不经心，也便忽视了本该接收的信息了。倒回去一千三百多年，洪都里的官吏们有什么心思？清朝末年的官场，巴不得外放，那是"一年清知府，十万雪花银"在诱惑。唐朝初年则大异其趣，人人都觉得自己有"致君尧舜上"的本领，所以盼望做京官；离京赴任者因此也都很失落。于是，《滕王阁序》中那些"关山难越，谁悲失路之人""穷且益坚，不坠青云之志"等句子，在他们读来，热血就肯定比我们高许多度了。

我教古代文学，翻阅一些"赏析"文章，深深慨叹我们的正统学者往往并不能捕捉古代名家的心声。一般学者紧随其后，"天下文章一大抄"，"赏"来"析"去还是那几句"放诸四海而皆准"的套话、隔膜话，可怜，可怜！

滕王阁重建者显然也想到了文化氛围，特辟一室挂满征集的对联，门廊也到处是对联。不过，一位先我而游阁的老同学曾说："滕王阁上只有一副对联。"细看之下，不得不同意。几百副联，纵使对仗工稳、平仄妥当，扣住典故，甚至也有点儿新意，但一言以贬之，就是缺少心声。唯一例外的是顶层那一副：

依然极浦遥山想见阁中帝子
安得长风巨浪送来江上才人

名阁重修，自当有名联映照。而几百副联却仅足以证明"安得长风巨浪送来江上才人"绝非无病呻吟。凭栏俯瞰大江流，"疑此江头有佳句，为君寻取却茫茫"，呜呼！然而我不死心，我想象，当中国古文化上用唾沫和手纸层层积成的硬壳被清除之后，我们的作者会看到古人的心声如何披露因而也会学到披露心声的。但此事很难靠正统学者们去做，因为他们所凭恃的文学理论是阴沉木做的。

1998. 3

记住东牯山

同属戊寅。1938 年秋。南浔铁路边的万家岭。

日军 106 师团的最后一批兵被中国将士复仇的子弹驱赶着"进入"另一个世界后，叶挺将军发了贺电："万家岭大捷，挽洪都于垂危，作江汉之保障，并与平型关、台儿庄鼎足而三，威名永垂不朽。"

人们知道平型关、台儿庄，未必知道万家岭。即使知道万家岭，却不容易知道还有个东牯山。

当年夏天，日酋冈村宁次指挥大军沿长江西上，揭开了"武汉会战"的序幕。他们陷安庆，破马当，然后以 106 师团循南浔线南下，又遣 101 师团从星子西进，企图会师德安，完成对武汉的战略包围。出乎他们意料，101 师团为反复争夺星子的东牯山，几乎用了一个月时间，从而陷 106 师团于孤军深入的绝境，一万多人马悉数被歼。

记得万家岭的人，应该也记住东牯山。那里有湖广子弟组建的三个师，只带着简陋装备，全凭一股精神，筑成血肉长城阻挡着日军装甲车的进路。

翻翻发黄的旧报章吧："（东牯山前）牛屎墩附近有一位连长，打电话报告冷师长：'我这里只有五名战斗兵了，请示师长如何办理?'冷师长以坚决而严厉的语气命令他:'就是剩下一名兵也不能退,办法只有死在牛屎墩。'这位连长同样以坚决的语气回答了师长:'报告师长,我决定以死报国!'不一会儿,电话打不通了,这位连长壮烈地殉了职。"

听听20世纪70年代下乡知青的叙述吧:"我们上山打柴,到处能捡到子弹、手榴弹和手雷,捡来了就交到民兵连部,用一个大柜子装着,然后一批又一批地上交。至于弹片和子弹壳,简直随地都是。"说起那场战事,老人家都很深情回顾,说了许多兵民交往的故事,证明那些兵都是些好青年。据说刚打完仗那阵,老百姓上山去看,他们中许多人还保持着向敌人射击的姿势:"他们是给毒气整连整营地熏死的。"

为了"进入"中国,日本侵略者公然违反国际法,用毒气把我们整连整营的好青年熏死了。对于这段历史,日本国会至今仍有右派的喧嚣:只有"进入",没有侵略。右派之外,别的日本人会怎么说呢?东牯山对面就是"飞流直下三千尺"的庐山秀峰风景区,秀峰龙潭边埋葬着一副叫饭冢国五郎的骸骨。那是个曾获天皇颁发金质奖章的"猛将"。起他于地下,如他肯说真话,让他说说他为"进入"东牯山地区都干了些什么,又说说他如何在东牯山前"进入"坟墓,听来想必很有意思的。

现在的秀峰,游人如织。在秀峰拍照留念的游人们啊,请移玉步,也到东牯山前拍个照吧!那里还有未被填平的战壕,纵横满地,坚持刻写史话:这里只有阵亡,没有讨价还价!青山不改,素练长飞,都会记住那些血绽的嫣红;连过往的浮云,也会踊跃为那无数英魂作证。——你又怎能不拍一张照呢?

1998.9

我看杨修之死

《水浒传》里的高廉会用法术制造大雾，有些讲历史的也能用某种法术造雾。

说曹操因忌才而杀杨修，就造了一场雾。

破雾的办法是走进雾中去考察实物。

实物一：杨修给曹植的书信，主题只有一个，就是文坛领袖非曹植莫属。请注意，那时没有纯粹的作家、诗人，所谓文人，都是政治家，至少是政治智囊团里的活宝。我们现在隔膜地讲"建安七子"，很少有人想到要追究一下这称谓的来源。其实这事就和杨修大有关系。杨修给曹植的书信提到了其中几个。为什么要提？因为这些人影响大。这有什么关系吗？我们不想做皇帝，不懂。但有人懂。曹丕就懂。曹丕知道杨修有意抬举这些人，他也马上给自己的亲信写了书札，敲定了那七位仁兄。人们都记得美国人动用坦克师去抢德国的头脑，却对中国人的抢头脑史实视而不见！不过，曹丕抢头脑却不要杨修，因为他知道这人抢不过来，抢过来也没用：杨修分明是曹植的"摆计师爷"！

实物二：史料说，曹操早年曾考虑让曹植接班，后来又察觉这小儿子不合理想，因此还是回到惯例上，让做哥哥的曹丕来准备穿黄袍。

现在让我们来替曹操想一想。曹操出身微贱，却正好利用这身份成功地拉拢住一批豪族。豪族间相互不服气，确需要有个非豪族的伟人来驾驭，历史机遇就这样给了曹操。曹操是立了大功的，他基本上统一了北方，恢复了当地的正常经济生活。统一就是他的英名！但是，前事不忘，后事之师！当年袁绍、袁术两兄弟杀得天昏地暗的故事还历历在目，一旦躺下后，自己的两个儿子却又打起来了，他死能瞑目吗？因此，他在活着时是一定要先处理好这件事的。曹丕的竞争者只有曹植，最好的办法当然是杀了曹植。但儿子是杀不得的，所以只能杀他的"摆计师爷"：去其羽翼，还想飞？没门！这就可以心安了。

想到这里我们就知道，杨修之死是政治斗争的结果，不是他太聪明了，弄得曹操要杀他。郭嘉不聪明吗？郭嘉死了，我现在耳边还响着曹操由衷的悲哭："哀哉奉孝！惜哉奉孝！"大政治家曹操绝不是小说家、漫画家笔下的武大郎，如果曹操果真如此小肚鸡肠，他哪里掌控得住那些三山五岳的英雄好汉？才，要看为谁又为什么而用。杨修之才用在曹植身上，这是他的取死之道，跟"鸡肋"实在并无本质上的关系。即使没有"鸡肋"事件，以后曹操还会在短期内找到或者"牛尾"或者"鸭毛"之类的事件开刀的：大政治家手握大权时，欲加之罪何患无辞，杀人哪里会找不到借口？

1998. 12

怎样读原典？

钱理群先生很冷静地看出当前学术界的弱点：很多人先有了"西学"的基础再来补"中学"，而且"未能根本改变古代文化传统修养不够深厚的先天的弱点"，因而建议这些学人"从老老实实地、一本一本地读中国的原典开始，去感悟其内在的意义与神韵，发现其魅力"。

这个估计基本正确，建议中用词也颇中肯。

"原典"，大概是指支配或显示中华学术的重要著作吧。笔者反对把所有学术重要著作都称"元典"，而认为"元典"只能有一部，那就是《周易》。但笔者又认为光读一部《周易》不行，必须把重要的学术著作"老老实实地、一本一本地读"。读这些书，不能靠"白话翻译"，更不能靠"专家"简介，必须直接读其原文——从这个意义上说，"原典"非"元典"，钱氏说法可以接受。

按钱氏指示，读原典要着重"感悟""发现"。这说法没有满肚洋墨水者那种狂傲，极可取。狂傲者总以为他们的"西学"尽是些连上帝也不敢不服从的真理，因而读中国原典也只能用"西学"的观点方法，而读的目的也不过是验证西学。"感悟"？那是唯心主义嘛！"发现"？难道中国还有新东西为西方所未知的吗？呸！——钱氏不"呸"，平正公允。

然而笔者仍然担心，即使老实而逐本地读，而且讲感悟，也依旧达不到钱氏所期望的"进得去"又"出得来"的境界。钱氏叫人"回到古代"时不要忘记"创造"，并指出，"这就需要有更强大的自我的独立、自由的精神力量，更活泼的思想创造力"。可是，这些精神力量从何而来呢？钱氏未置一词。事实上，人都必有一个不断建构的精神世界、思维框架，而在任何一个时候，他又都必有一个已具其形的精神世界、思维框架。因此，人的思想创造力的发挥必有其固有倾向。于是，我们就很难期望"西学"框架能轻易"感悟"出中华文化精神。

对于饱受西学陶铸的学人来说，要"真正'进入'中国古代传统文化"，先对他们作一个当头棒喝：传统文化并不就是文化传统！然后向他们指出支撑中华民族几千年而不死的文化精神之所在。假如他们肯接受，对自己的精神框架自觉改造一番，再去读原典，"感悟"和"发现"便会接踵而至。

1999. 8. 5

说　道

　　饱读西方哲学著作的学问家，总以为西方的学问是最高级的学问；中国如果还有什么学问的话，那一定要相当于西方的某甲或者某乙。具体谈到老子的"道"，便有学者类比为物质，有学者类比为精神。

　　而其实呢，我认为"道"指的是：人们应该把宇宙看成一个多样而统一的整体，这个多样统一的宇宙是个无始无终的过程，在这个无始无终的过程里有着出现各种事物和现象的无限可能性；而一个人如果达到这样高的认识水平，形成天人合一的能力，处事就能循道而行，不会发生差错了。

　　《老子》书上说："道生一，一生二，二生三，三生万物。"其意是：宇宙本以虚空的形式存在，后来出现一团混沌的物质，这混沌又分化为阴阳二气，阴阳二气相互作用便产生一种"冲气"，而万物便在这基础上逐渐衍生出来——这些话是无法做出实证的，我们且来运用现有的知识判断他说得在理不在理吧。

　　宇宙大爆炸的理论正在得到越来越有力的支持，李政道自1992年以来在国内的演讲和撰文里反复说过"真空不空"——没有物质之处有能量，而且遥远的天际还有种巨大的不可思议的不明能量。如果李政道没有开玩笑，那么我们古代哲人直觉得到宇宙本以虚空的形式存在，就起码应该说他是对的了。

阴阳二气的说法，如果从古代哲人原初的意念上去领会，其实指的是功能和物质：阳指功能，阴指物质。能量和质量的交换不正是科学界所承认的世界存在的方式吗？古哲人只不过没有用我们现代使用的词语而说成"二生三，三生万物"而已——请注意：老子说的是生！

《老子》又说，宇宙创生万物，其表现为"绵绵若存，用之不勤"：无须有意地去创生什么，而一切便都自然而然、绵绵不绝地创生出来。宇宙因此也就是一个无尽的过程。

《老子》还打比方说，一辆车，车厢空，这车才有用。沿着这个比方思考，也可见老子颇能认识到道的无限可能性：空的车厢，你装上什么都可以。

由上述分析可知，道绝不是物质或精神。中国古代哲学不同于西方的自然哲学。中国哲人视宇宙为生命流程，一切具体存在都是宇宙生命流程的分支，建构的是生命哲学。"道"是生命哲学的独特运用，用自然哲学的观念去类比，实在有点儿像用狼的嗥叫去理解歌唱家的吊嗓子。

1999. 12

说生生

　　现存的文章，可信为年代最久远的是《尚书》里的《盘庚》篇。《盘庚》里三次使用"生生"这个概念。研读《盘庚》，可知当时盘庚的手下很多人对"贝玉"——从学术角度来说，它是"通货"；通俗地说，是钱、货币——极感兴趣，弄得几乎全民经商，丢荒田亩。盘庚觉得这样下去势必会妨碍血族生生；为了生生，他针锋相对，下令迁都：到远离旧客户的新垦地去，大家静下心来向大地找饭吃。"生生"，就是生存繁衍。

　　从盘庚开始，华夏人更自觉地走农业社会发展道路。以农业社会的眼光看，人也好，作物也好，牲畜也好，都是一代代、生生不息的。维持生生不息，是华夏人的生活目标。当然，其中有主次，作物、牲畜的生生不息是为人的生生不息服务的。

　　农业社会酝酿出来的中华学术思想，其根本出发点和归宿，都在"血脉生生"这四个字上。何为"是"，何为"非"？怎样是"善"，怎样是"恶"？一切都得以血脉生生作为最权威的衡量标准。中国的学术，无论儒家、道家、墨家、法家，还是其他家，其实都以怎样才有利于血脉生生来判断是非善恶。但由于各家所处地位不同、角度有异、时势也不一样，所以便有各家学说。

　　研究各家学说的人，如果不明白各家其实都为血脉生生着想，便无法弄清这些学说的实质。比方说，骂儒家迂腐，在某段时间里是很时兴的，但我们很容易便忽略了儒家在向往建立社会秩序的背后，还有个建立官场心灵秩序的合理要求。当我们来到官场心灵秩序紊乱的所在，是否能更深刻体味儒家为民族生生设想的苦心呢？

　　向西方民族寻求真理的志士们，忽然有了重大发现，说中国之落后原来是因为没有宗教，因而少了终极关怀，少了信仰。我不敢反驳，怕惹来讨伐。但我清楚：中华文化人原有的终极关怀，不必升天入地求之遍，它就在日常世界的"生生"里。

2000. 7

龙——，龙龙——

"鹊——，鹊鹊——"，"鸦——，鸦鸦——"：鸟类经常如此这般向人类作自我介绍。在春和景明的日子里，喜鹊欢叫于清晨，乌鸦噪鸣于傍晚，未必引起多少人关心。

及至夏来景变，往往在炎热如焚之时，忽而浓云翻飞，遮天蔽日，狂风横扫，急雨倾盆。这般景况，我们现代人彷徨于高楼间的马路尚且心神瞀乱，先民暴露于山野，塌坡在前，洪流在后，能不感到恐怖吗？

最可怕的当然是电闪雷鸣了。漆黑的世界忽然毫发尽见，但一晃又重归杳冥；或者千万条"金蛇"从天而降，纷纭杂沓，带着高低远近的吼声。岩壑间的回响滚过丛林溪涧，钻进洞穴，把孩子们吓得咿哇怪叫，赶紧躲进母亲或者老祖妣的怀抱。

还有呢！雷击致人兽于死命，雷火甚至焚毁森林。

先民中的智者不止一次目睹那些辉煌的恐吓与无可抗拒的毁灭，经常涌起要认识这大自然之强者的冲动。

它绝不是蛇，它叫什么来着？

"龙——，龙龙——"：那宇宙精灵也和鸟类一样向人类做出自我介绍，并且用密音入耳之功告诉人类，它除了恐吓和毁灭，其实还带来清凉和雨水，让草木因之而繁茂，让人生由此而舒畅。

电闪一番又一番进出安培，雷鸣一回又一回传出分贝，却唯有华夏之智者领受到那股笼天罩地的阳刚之气。刹那间，智者猛然伸手攫住了亿万安培、过兆分贝，只觉得通体透明。他冲出洞穴，冒着风雨，穿过荫翳的原始森林，攀上滑溜溜的悬崖峭壁，站在最高峰头，如一柱擎天，张尽喉咙对着苍穹大喊："龙——，龙龙——"

天呼地应，江海扬波，而洞穴里所有的人都一拥而出，随声呼喊："龙——，龙龙——"电光闪烁下，苍白的脸容早已红润，无数腾踔的脚步和横飞的唾沫预示着这人群将出演云行雨施的参赞。黄河泾渭、汉水江淮，由此将变成农作物遍布的世界；而千千万万青年男女，也将酝酿出那首刚柔适度舒卷如云的生生之歌：

哥是天上一条龙，妹是地下花一丛。
龙不翻身不下雨，雨不洒花花不红。

2000.7

113

死里求生

先民无时无处不面对死亡。

猝遇猛兽，死；偶踩毒蛇，死；天雷轰击，死；坠崖，死；溺水，死；因病而死，火焚致死；饿死，冻死，中暑死；异族入侵，棍棒横扫竖挑，石头硬挤猛砸，《周易》中记载着："焚如，死如，弃如。""弃"算是时代进步的表现了！研究周口店山顶洞人头盖骨化石的专家说，为什么只剩下头盖骨？因为其他部分吃完都扔了，唯独留下它作饮器——也许能拿它喝水的便是五十万年前的大英雄吧。有了这样的大英雄，自然需要有人奉献其头盖骨，死的概率由此更增大了。

人都希望自己不死，但眼看所有希望不死的人陆续死去，便悟出自己的死只是迟来或早到的事。于是，退而求其次，想到儿孙即是自己分支出去的生命，便希望自己的血脉长存，从而在死里延续出生来。

如此这般延续生绝非易事。环顾身边，野兽披毛，飞禽带羽，鱼类生鳞，龟属负甲，人偏偏是毛虫羽虫鳞虫甲虫之外的"裸虫"，绝无凭借，不群居互助便势必被"吊睛白额大虫"之类所灭绝。群体需要壮大，然后才谈得上在个体不断且大量的死亡中求得血族总体的生生不息。为了壮大群体，高瞻远瞩的先妣决定借用超自然的力量。

假如真可以在太空中追回已逝的景象，那么，在啊啊呜呜哦哦啵啵的虔诚吟唱里，老祖妣领衔演出的全女班鱼祭是多么庄严肃穆！再细细察看祭坛：那些真鱼摆成的阵势，其数量和方位都有她们懂而我们未必能懂的考究。她们从这祭坛开掘出无限的理想、信心和勇气：百子千孙，万世其昌！超自然的力量实际只是人间的精神力量。

信念已化为力量，而聪明更铸就精灵。华夏的先妣涌现出一代一代的数学天才，终于排成了惊天地泣鬼神的九宫图。九宫图是死里求生的经验结晶，是开创未来的灵感启辉器。

没有九宫，便没有八卦，没有周易，没有华夏学术核心，没有华夏智慧，没有华夏文化精神。假设没有这些而仍有我们，我们也不知道"中华民族"为何物——而按逻辑推断，则99.99%的概率根本不会有我们。

两千年来，四邻交侵，作为民族而言，也是"无日而非可死"的，覆巢之下无完卵啊！没有强大的中华文化反过来同化征服者，就不知道哪一代祖先已被种族清洗掉了！须知，弱肉强食，是别的许多民族信奉的真理。

2000. 7

说 仁

解释"仁"字的人，古往今来不知有多少。人们的解释都出于自己的解悟，而任何人的解悟又都出于其自身的知识思维框架。

有些只读西方理论书的人，凭西方理论知识思维框架去解释"仁"，其弊在于完全离开中华文化的大背景。

中华学术是一定要放回中华文化大背景上才有确解的。在《说生生》中我已说过，中华文化的根是"生生"——一切以血脉的生存繁衍为指归，善恶是非都由是否有利于血脉生生来评判。"仁"是中华学术的一个基本概念，其标准当然要以是否有利于血脉生生来制定。宋儒有理解得较透辟的便说过："仁即生生。"

"仁即生生"实在是深得孔子用心的，我从《论语》上找些证明吧：

一是孔子称呼为血脉的团结壮大做出特殊贡献者为"仁"。

《论语·宪问》有两则大赞管仲为"仁"，其内容是：管仲帮助齐桓公团结了中原各国一致对抗周边异族。孔子感叹说："没有管仲，我现在要披散头发露着左胳膊——成了异族的奴才了！"

孔子从来没有说过"仁"是坐着讲大道理。仁，是要践履的，而且是要践履出大成效的。管仲没讲大道理，而且孔子还在其他场合甚至批评过管仲不俭、不知礼。结果由这不俭又不知礼的管仲被破格称"仁"，孔子的意思不是很易捉摸了吗？

二是孔子称在逆境中尽力减少血脉损失者为"仁"。

《论语·微子》说殷周有三位"仁"人，即微子、箕子、比干。这话没头没尾，但回顾历史，再考虑到重血脉生生的文化大背景，孔子的意思又是不难捉摸的。

殷周易代，对殷族来说是有大伤害的。在国势危时，比干等三人尽力挽救，比干为此而献身。及至殷商亡国，殷"顽民"的反抗已组织不起来，再抗，伤害更大。箕子、微子出面与周族高层周旋，于保存殷族是有利的。孔子表扬这三人为"仁"，我也赞成。

三是孔子称政治上有全局性建树因而大有利于血脉生生者为"仁"。

孔子认为自己的绝大部分学生都没有全面的政治才能，只颜渊才有。因此，"克己复礼为仁"这话只对颜渊说，意思是谁要是能让政坛各方面运作全都进入有利于血脉生生的正轨，那就可称"仁"。颜渊没机会从政，但这不妨碍孔子宣达自己的理念。

至于《论语》里还载有孔子认为"为仁"的说法，那只是勉励学生朝某个方面努力的意思，绝不是给"仁"下定义。

"仁"字，许慎说"从人从二"，人们多从横向领会，以为是指人和另一人的关系。其实，这字应从纵向领会：这一代人和下一代人的关系。做出对下一代乃至无限代后裔有利的贡献，就是"仁"的践履！

2000.9

旧花果甜杨桃喽

从前的杨桃是这样的吗？从前的杨桃⋯⋯

我也有点儿像九斤老太了，这语气！

但别怪我，真的，现在的杨桃已经没有从前的味道了。那从前的味道，说不清。反正是甜中带微酸，酸中带微甜。鲁迅在文章里写它，赞它是岭南佳果中最好吃的一种。然而，真的，现在的杨桃已经没有从前的味道了。

从前的味道？你听："旧花果甜杨桃喽⋯⋯"是个女声，响亮、清脆、清晰、悠长，带着微酸，带着微甜。

杨桃要旧花果的才甜。什么叫"旧花果"，我没研究过。去问父亲，父亲解释一番，完全是白费唇舌，最后我只知道：杨桃要旧花果的才甜。

那时，我不足十岁，刚逃难回到日军投降后的广州。那时的广州，汉民路（今北京路）还到处是残垣败壁，大火熏黑了的楼房。

"旧花果甜杨桃喽⋯⋯"，在争秋夺暑的时日，把微酸夹着微甜悠悠地送进人的心坎里。

我家喜欢吃旧花果甜杨桃。父母下班，有时就买回一两斤。

看到棱角突出的大纸袋，我就知道是旧花果甜杨桃来了。

秋风起落，年去岁来。读初一时，父母有时会把买旧花果甜杨桃的任务交给我。

一天晚饭后，我奉命去买了一纸袋杨桃回来。我灯下一看，纸袋是用一张地图折的，印着些日本片假名。好奇心起，把折角粘贴部分撕开展平。眼光才一扫，心中已一惊。在旁边也伸头来看的父亲早失声叫起来："这画的是我们村！"

我们村！对，的确是我们村！这条是进村唯一的路，绕着山包转，这里左转，那里右转，转到这里有座小桥；村子后山边一条小径，上鬼井坑，上雷公山……准确极了，无论是方位、大小、远近——只有军事地图才会这么准确。

我们村算什么哟！名字叫"蛇子冈"，全中国独一无二；当时只有 30 户农家，隐蔽在一大群野松冈里，横看竖看都看不出有什么军事价值。

然而，人家就是把这个偏僻的小山村画在精确的军事地图里了。还得补充一句：日军从来没有打进过我们村，这测绘工作嘛……

父亲看着这张地图，脸色凝重，从牙齿缝里迸出四个字音："处心积虑。"我从此对"处心积虑"这个成语具有了文字以外的丰富体验。

旧花果甜杨桃消失了，而买旧花果甜杨桃带出的故事在我脑中盘桓了半个多世纪。是什么味道？说不清。

2002. 7. 5

明月向谁圆

　　著名的南音曲子《客途秋恨》中有句唱词："娇呀，但得你平安愿，我就任得你天边明月照别人圆！"表示很无奈的割爱。

　　这意象很美。试想，明月或刚出山或将下山，那月色多么洁白温柔，多么撩人遐思！用以形容心仪的女子，贴切极了。可惜这明月如今竟远在天边，自己飘零在客途，恐无缘分，又是多么惆怅！然而在惆怅中却不乏大度。景美，情也美。

　　但要领略这意境，是要有点儿感性认识作基础的。假如连明月在天边是怎么个情景也从未见过，那就无法领略了。

　　没有见过明月？有没有搞错？

　　记得鲁迅《狂人日记》里有"今天晚上，很好的月光。我不见他，已是三十多年"的话。"狂人"的话未必可以当真，鲁迅代"狂人"写出的话更不可当真。然而，那是鲁迅时代啊。那时除了上海、广州等几个和洋人打交道多的大城市，其他城镇里高楼均属稀有建筑。住在佛山普君圩的老居民，当年何尝会想到，一抬头视线就会碰撞到"百花"上？——"百花"，本应叫"百花广场"，可它实际上是一座特大高楼，门前的广场不宽不广，名不符实。鄙人迂腐、老土，所以隐去"广场"两字不叫出来。

　　没有高楼遮挡视线，竟有三十多年未见过月光，疯话无疑。

可是我想，假如现在佛山市区内某居民发表自白，说他这十多年未见过月亮，我会相信他说的是大实话。

"十多年"是什么概念？是高楼陆续长出来，是电视连续剧逐渐把人困进去所经历的时间。高楼从客观上遮挡视线，电视机前的人则从主观上禁闭视线。

于是，天上的明月就越来越孤寂了。谁还在"海上明月共潮生"时欣赏那"空里流霜不觉飞，汀上白沙看不见"的静谧祥和之境，谁还再"举杯邀明月，对影成三人"，更有谁能体味"中天悬明月，令严夜寂寥"的肃穆、"深林人不知，明月来相照"的淡泊、"从此无心爱良夜，任他明月下西楼"的失意……

我们的诗意淡薄了。很现实的人以为诗只是诗人的事，其实他们错了，诗是所有人的事。人，一旦少了诗意，情感就有缺陷。狂躁、忧郁交相袭击，心中却无可资抵挡的防线，于是在家庭里，在社会上便布满炸药，布满导火索。

诗意其实是一种心境，而心境的培育并不单指望诗。中华文化传统讲究"天人合一"，人只不过是宇宙生命的一个部分。宇宙是大我，人是小我。小我融入大我，生命力就可以得到源源不断的补充。向往天人合一，就可以缔造好心境。

中秋节快到了，让我们都从水泥森林里走出来，走到真正的广场上，行一番真正的赏月，寻觅诗意去！

买点儿月饼、沙田柚、红柿、菱角、香蕉、芋头……有可能就还买点儿油金籽，准备好饮料，铁了心从月上中天直看到月落天边吧！

天边明月固然向着别人圆，只要你放开怀抱，它是依然向着你圆的。

2002. 8. 30

僤 茶

　　佛山人，乃至整个广府地区的人，十之八九中意"僤茶"。"僤茶"，往往被写成"叹茶"。这不好，因为照这字面意思，是对茶叹气，与原意不符。但若写成"僤"，则是古书上有的，意思就是享受，那就对了。广府人说到要享受什么，便会用上这个读"叹"音的"僤"：

　　我要做先有得食咖，大佬！好似你咁僤世界就好咯。

　　我都做到瘸嗮咯，应分畀我僤番下啦。

　　你睇佢几咁僤记：僤饱饭又去僤酒喽。

　　说到"僤酒"，我以为"僤茶"的母本就是"僤酒"。这推测的根据是：喝酒的历史比喝茶的长，从渊源看，就应该是先"僤"酒后"僤"茶。僤酒僤惯了，兴趣转移到茶后，便发现茶一样可"僤"。

　　不过，"僤茶"对于"僤酒"来说，已经有点儿质的变异了。"僤酒"享受的对象真的是酒；而"僤茶"享受的对象并不是茶本身。如果按语言学家的训示，要"科学地"说清"所指"，则

"僆茶"就应该说成是：到茶肆（或进茶居，或上茶楼）去享受一番。——但前辈平民，一般只求方便，不大喜欢太规范的语言，所以还是相沿着使用"僆茶"这"不科学"的概念；至于语言学家怎么生气，大家连看也不看他。

广府人"僆茶"多数是僆早茶。僆早茶的目的主要不在茶上。固然有人一定要喝"山水名茶"，但普罗大众只要有茉莉花茶喝就可以了。僆早茶其实是为了填肚子。从前早上吃东西不叫吃早餐，而叫吃早点，这叫得很有道理。须知，早餐指早上的饭餐，早点则指早上的点心。在这一点上，前辈平民却又显得很有科学性，用词准确得不得了。

千万不要以现在的标准去评判是"点"还是"餐"！现在我们上茶楼，如上三品楼、英聚楼——哦，对不起，这些楼还在，却已不是茶楼了，另上一座吧！上得楼来，粥品、肠粉、糕点，好几十种，随便吃几款就肚子圆圆了：这可以叫"餐"。

而从前可不是这样的。听我父亲说，他在 1920 年前跟大人上茶楼，茶楼桌子上连筷子也没有，只有一竹筒小巧的竹叉：所卖的无非虾饺、烧卖、松糕、叉烧包，全是可以用小竹叉对付的点心。点心，就是点一点你的心，让你自我安慰说："我今早吃过东西，不饿了。"当然，点心吃多了也可以饱，但"僆茶"者目的大多不在谋饱。因此，那时人们上茶楼，除了说"僆茶"外，还有"僆番一盅两件"的说法：一盅茶，两件点心，便是"僆"世界了。

一盅两件，物质稀薄，也算"僆"？朋友，别光看物质，茶楼是茶客们信息交流之所，天南地北聊一通，精神就有所寄托了。

2002. 9. 2

123

嚄 呵

"嚄呵——"从前，在粤语区有众人聚集的地方，经常会传出这种起哄声。高兴叫"嚄呵"，扫兴也叫"嚄呵"；支持叫"嚄呵"，喝倒彩也叫"嚄呵"；而叫得最凶的则是在一哄而散的时候。

如果由个人单独使用，这"嚄呵"就表示事情没希望了。例如说：从前这里的生意还做得下去，现在"嚄呵"了！

又如，某小朋友看到别人某事做不成功，幸灾乐祸，就会大叫："嚄呵——"

在一本小说里看到，解放战争时期，北方某地区对某支国民党军的蔑称，是"呵呵鸡"。我想，这支部队的士兵一定很多广东人。他们动不动就"嚄呵""嚄呵"地叫，"嚄"字叫得轻而短，"呵"字叫得重而长，当地人没听清楚，就以为只在叫"呵呵"了。我又想，这支部队肯定是没什么战斗力的。见到有利可图就蜂拥而来，一见势头不对就落荒而逃的人群，最易起哄；反过来说，动不动大叫"嚄呵"的士兵，肯定也就是那些得利时生怕丢了自己一份，失利时只怨爹妈少生了两条腿的"呵呵鸡"，有什么战斗力可言呢？

想到这里，我忽然悟出，成语写的"乌合之众"，原先恐怕就该写作"嗄呵之众"："乌合"只是个象声词。成语字典解"乌合之众"，说是"像乌鸦那样暂时聚合的一群"，实在很牵强：乌鸦群怎么见得是暂时聚合的呢？《意林》引《管子》："乌合之众，初虽有欢，后必相吐，虽善不亲也。"所说的很像是起哄的场面和起哄者的本质。这类人，自古至今没有大变化，都是为私利而"欢"聚闹事，然后就演变为因私利而散伙的。

　　看《西厢记》，张生救了莺莺小姐一家，郑夫人设宴，宴席上却赖婚，要莺莺只叫张生作哥哥。张生发牢骚，唱了一大段，其中有句道："这席面真乃乌合。"我好像不曾见过有人给这"乌合"讨得个明白的说法。而我则认为，这"乌合"恰恰就是那"嗄呵"：席面"嗄呵"，就是纵使有致谢的酒席，婚姻也没什么指望了的意思。

　　从《西厢记》这唱词看，在元朝，"嗄呵"还是个大家一听就懂的词语，可是后来在官话系统的口头语里消失了，只留下书面上"乌合"这块化石。

　　粤语的情况好像也有让这"嗄呵"消亡的态势。我们在日常生活中已经不大听得到它了。假如"嗄呵"声的消失能意味着一哄而来一哄而散者的消失，那就值得举杯庆贺了——虽然杯子里只有茶。

2003. 11. 12

消　夜

　　古书《武林旧事》中记载："禁中岁除，后苑修内司各进消夜果儿，以大合簇饪，凡百余种。"意思是说，宫里守岁，主管部门用大盒子蒸了一百多种"消夜果儿"供大家"消夜"。

　　我也曾守岁。起初放放爆竹，赌赌纸牌，的确好玩；不过到了夜里一两点钟，兴致已经低落，肚子里还咕咕直叫，如果没什么能量补充的话，就难挨了。这时实在盼望能吃点点心。宫里主管人很能体会个中滋味，为了消除"长夜漫漫何时旦"的烦忧，特别提供"百余种"点心，而且命其名为"消夜果儿"，显得很有艺术气韵。那"消"，是一种"侵消"，就好像下围棋去侵消对方的厚势一样。半夜吃一顿"消夜果儿"，夜的厚势被巧妙地侵消，大家的精神重新振作，就可以把守岁之事进行到底了。

　　"果儿"的意思是点心。"消夜果儿"后来被简称为"消夜"。珠三角地区从前的消夜档口，一般都不会写错这两个字。大家去"食消夜"，看到档口前大字标明"消夜"，倘能会心，知道是要借此侵消夜的厚势，那就颇有点儿诗意油然而生了。

　　不幸，在某个历史时期里，"消夜"竟然变成了一种"集体遗忘"的对象。到了它重新被大家记起的时候，摆摊设档的老板许多已是文化断层后的人了。他们并不知道老一辈人曾经有过不用粮票而且爱吃消夜的年代，更不知道古书上有过"消夜果儿"的典故，却偏偏从以前没有吃消夜风气的地区搬来了"夜宵"两字，胡乱地写在招牌上。"吃夜宵"，溯本寻源，可能来自"吃元宵"。"元宵"，是特指元宵、汤圆而言的，但照此推测，写成"夜宵"就不通了。可惜，现在正是这毫无文理的词语在珠三角地区流行。某些生意人为了和口语接轨，改为"宵夜"，却更不通了。

有人说，这是"语言发展"。我倒要就这"发展"说几句：我们在"发展"的幌子下，已经抛弃了大量有价值的东西。我所说的价值，主要是文化价值。好好一个很带诗意的语词，为什么一定要换个不通的语词去代替它呢？沈从文小说《贵生》里就有"消夜"一词，可见外省人从前也知道应该这样写。

都说要文化建市了，要发展文化了，会不会继续以逆淘汰为"发展"？有食肆老板能想起"消夜"二字让其摆脱逆淘汰的厄运吗？

2003.11.15

北雁南飞与倒泻篓蟹

我见过北雁南飞。

北雁南飞是悲壮崇高而又余韵悠扬的美。

遥山上空的蔚蓝里，一排排的黑点，从依稀仿佛到真确认定：是它们！

一个个的"人"字，嘎嘎咕咕，像冲锋的散兵线，更像投入战斗的机群，一个编队又一个编队，次第而来。

每一只雁，也即每一个战士，或者机群编队里的每一架长机、僚机，都知道自己和大伙的目标。它们坚定地向着水平天远的鄱阳湖洲、烟消日出的潇湘江渚，凝想着绿草茸茸、芦花荡荡，飞，飞，飞。

我未曾见过倒泻篓蟹，但是常常想象倒泻篓蟹的情景。

眼看还是一堆，转眼已经四散奔逃。它们都参差不齐地举着八只瘦硬铁青的脚，横行，横行，横行，从这个同类的身上滚下来，又向那个同类的身上爬上去；暂时被压在下面的也在拼死挣扎，甩掉身上的之后，同样向其他同类的身上翻，翻，翻。

它们凭什么这样凶？还不就是身上披了甲，而且头上长有一对装备着锯齿的钳！

等到疏散开来，东西南北，让捡拾的人手忙脚乱。

运送螃蟹的人可能早已有过倒泻箩蟹的经验，于是把三五只螃蟹捆绑在一起，特别注意捆牢它们那对钳子。

好，这回可跑不了了。

然而，螃蟹们并不知道自己的处境。即使翻不到别个的头上去，却还是绝不甘心于放弃"自我奋斗"，依旧下死劲往自己能伸脚的方向发力。这徒劳挣扎的样子是大家经常见得到的。

而捆绑螃蟹的人呢，因此就得抬着箩筐运送它们。走一步，都得抬。不像放鸭的，一根竹竿飘两片布絮，就能指挥着成千上万的鸭子，山长水远。

那些螃蟹啊，绑它不是，松绑也不是。

忽然想起：雁肉不上宴席，而螃蟹却是珍馐。

2003. 12. 6

"夜来香"

想"方便"找不到方便之所，这种尴尬的事，许多人都经历过吧。身在城市，遇上这份惶急的概率很高。

在乡村是不要紧的，厕所随处有，人家也欢迎你使用。农家嘲笑齐啬人，就说他一屁股屎也要夹回家才拉。究其源，是因为大家都重视"肥料资源"。

把我所见过的各种形式的农村厕所归纳一下，我觉得古人的命名是十分确当的：厕，表示侧边，不是正间；所，表示是个建筑物；合起来，就等于标明它是在主建筑旁的辅助屋子。

"厕所"的概念和现代的"洗手间"的概念应该是略有区别的。"洗手间"就在主建筑内，只不过是划出一"间"来供托词"洗手"之用而已。现在有些公厕赶时髦，也改称"洗手间"，名并不太符实——不过，在名不副实的大潮里，它只能算颗小芝麻，没人愿意计较了。

厕，要另有其"所"，在从前是不得不然的。试想，在非水厕时代，人粪同屋，臭气白天黑夜地弥漫，谁受得了？特别是农家，那些"肥料资源"并不直接等于肥料，必须沤一段时间。沤粪那股子味儿，现在的人们保证一嗅即晕，比任何麻药都灵。

至于城市，古代的大户人家是有厕所的。但有身份的客人假如需要去方便，却一般不说"如厕"，而说"更衣"。《辞源》里说，"更衣"是托词。我看只能说有些是，真要更衣的场合也是很多的。比方东晋大富人石崇宴客，华筵开在八星级的厅堂，假如有人上了一回厕所，沾着满身臭气回来，多么煞风景！史载石家安排了一队侍女，站在厕所门外，手捧洗手水、衣帽、香料等，专门侍候如厕回来的贵客。看来这衣是非更不可的。

从前，大多数城市家庭使用的是马桶。马桶装满了向哪里倾倒？自然是直接或间接运到农村。至于由谁来运，广府地区和外省某些地方似乎很不同。我有位朋友，半个世纪前到过北方某大城市，到处找不到方便去处，好不容易才在一个偏僻的胡同角落里找到一个马桶。不料，方便之后立刻招来一顿痛骂，骂得大条道理："我要出钱雇人清理的呀！"

这道理我们广府人真真无法想象。直到二十世纪七八十年代，我们市郊的农民都会定时定点到街街巷巷去接收粪便。一般是隔晚收一回。到时，铜铃一摇，家家户户便一个马桶接一个水桶，迅速熟练地完成倒、洗、刷、涮诸工序。我们从来没有听说过有哪个农民曾要求大家出"清理费"。相反，逢年过节，他们还挨家逐户派送番薯、芋头和一句"多谢嗮"。

当然，吃这番薯、芋头是要付出代价的。那就是隔一夜要让鼻子难受一二十分钟。粪车招摇过市，异味不免也一路抛撒。有位广府文人概括广府人说话特点，是"黠慧诙谐"。这四字很到位。黠慧诙谐的广府人管那异味叫"夜来香"。

黠慧诙谐，是应付无可奈何的不完美现实的妙计。假如当年有哪位少爷或小姐闻不惯"夜来香"，"生虾咁跳"，发绝对无补

于事的脾气，旁人对他们说的仍然是句黠慧诙谐的话："磕头埋墙啦笨!"

现实总是不完美的，今天的现实和 22 世纪相比，肯定显得落后、可悲。但 22 世纪是从我们这个 21 世纪走过去的，而 21 世纪又是从 20 世纪走过来的。20 世纪的许多不完美，在许多条件的共同作用下悄然消逝了。它们的消逝绝对不是由少爷、小姐发脾气发掉的。因此，凡见人发绝对无补于事的脾气时，我心里泛起的就是那句语法大不规范的话："磕头埋墙啦笨!"

2004. 2. 5

斩脚趾避沙虫

从前的人科学知识有限，牙齿被细菌侵蚀，看见有孔，就以为是被"牙虫"所蛀。脚趾间被细菌侵害，脱皮、发炎、生痒，又以为是"沙虫"作怪。

脚趾间奇痒难耐，药物效果又不大，烦躁起来，真恨不得把脚趾全砍掉：再痒也不关自己事了！

但认真行动起来砍脚趾的人，至少我还没有见过。这很有创意的想象只能凝成广府人一句口头语："斩脚趾避沙虫！"

"斩脚趾避沙虫"不是动员会上的口号，而是种讽刺。

生活中，类于斩脚趾避沙虫的事其实不少。某时某地，有些中小学校以补习、辅导的名义强制学生交费，那是"沙虫"；于是教育局下条禁令，一律不准，弄得下午三四点钟学校关门后，学生"满街浮（读音如袍）"，这就是"斩脚趾"了。

想出斩脚趾办法的人中，大有名人。比如我们这"第三大"的历史名人康有为先生，就曾经想出过极高明的"斩脚趾避沙虫"办法。

这位"南海圣人"在《大同书》里说，人之所以自私，是被家庭拖累的。为消除腐败根源，必须消灭家庭。"男女同栖不得逾一年，届期须易人。"老人进福利院，国家养；小孩进全托学校，国家包——家庭像脚趾一样被斩掉，没有自私的"沙虫"作怪，美满的"大同"世界就来到了。

普通人一般不会去找《大同书》看，不过，现在"康南海"正要被"打造"为一个"文化品牌"，我们似乎还是从学术上关心一下为好。看学术界康有为研究的走势，大抵正在调整对他的定位。抄段书吧：

> 近半个世纪以来，人们已经习惯把康有为看作变法的策动者，把光绪帝看作变法的支持者，把慈禧太后看作变法的反对者。这种简单化的结论其实来源于康有为自己对历史的解释，和后人对康有为之说的轻信。然而事实却并非如此。许多研究康有为的学者早已发现，在进行政治宣传和历史回忆的时候，康有为是很不尊重事实且又擅长吹牛造假的。但学者们出于种种善良的考虑，没有对康有为的作伪进行否定和批判，除了少量专业论文外，在主要的通史著作和中学教科书中，反而为他隐讳，结果又造成对中国近代史基本叙述的出错，这不能不说是中国历史教科书编者和读者的不幸。

这是姜鸣在《被调整的目光》里说的。他说得有理有据。

显然，原先的定位根基已经晃动，为免贻笑后人，恐怕不能再按"变法策动者"的模式去"打造"他了。康有为毕竟不同于黄飞鸿。黄飞鸿只是个地方人物，即使你说他曾经一个筋斗翻了十万九千里，比孙悟空翻得还远，识者也只会一笑置之，不会当真。康有为可是关乎全国的历史人物，是容不得随意说的。硬着头皮一仍旧贯，为贤者讳，绝口不提他的吹牛造假，这也只是"斩脚趾避沙虫"而已。

康有为，可能是近代第一个具有类于西方政客的思想和手段的政治家。他的吹牛造假，为达目的不择手段，千方百计鼓动民众促进政治改革，毋宁说是一种进步。当世界列强以恶来对付中国时，中国是应该有人灵活运用恶来推动救国大业的。

把康有为塑造成教科书里那个形象，不够丰富和立体；即使拖出"六个女人"给作调料，调出来的也不是"文化品牌"所应有的味道（按，当时为康氏制作一个剧本，以"六个女人"吊观众口味）。

2004. 2. 23

和尚与梳

和尚没有梳子。和尚不必有梳子。

朋友问到要某物，自己又没有，广府人会苦笑着说："呢回你真系问和尚借梳啦。"

问和尚借梳，可能因为不知对方是和尚，欠调查研究。据理论说，这是犯了主观主义的错误。

问和尚借梳，也可能明知对方是和尚，却连"和尚不必有梳"的观念都没有。无须据什么理论，可以直接说此人愚钝无知。

我们现在假设有所寺院发生了这样一件事：某施主来向某和尚借梳，和尚答以没有梳，施主很失望。寺院住持看在眼里，转头就召集全寺僧人大会，宣布以后所有和尚都必须随身携带梳。读者诸君，你们觉得这在理吗？

你们一定觉得我这假设荒谬，不屑回应。

其实我也知道这假设荒谬。之所以这样假设，是因为我看到有些荒谬事与监和尚带梳属于同类项，而大家却一本正经地贯彻执行，或者看着别人年复一年地贯彻执行却无动于衷。

刘力红在《思考中医：对自然与生命的时间解读》里说：

"过去中医晋升职称，在语言方面你可以考外语也可以考医古文，这两门是任你选择的。这样有个好处，你传统钻得深，你无暇顾及外语，你可以考古文。反过来呢？你的现代化专注得好，你的外文当然很棒，那你就考外语吧……我想干领导的，制定政策的，你必须换一个角度，从前你是专家，现在你不能再是专家，你需要做的就是设法营造出这么一个环境，让搞现代的有奔头，让搞传统的也有奔头，……可现在的情况不同了，中医考古文不再作数，你要想晋升职称必须考外语，否则，即使你的中医再棒，你也别想升主任、升教授。"

肯去钻研传统中医理论的人只占极少数，不妨把他们比作芸芸众生中的"和尚"。中医传统理论深奥，又经受百年来的世潮冲击，许多经典的原意已经被有意或无意地歪曲了，至少有些内容是被浅薄化了。"和尚"们为披寻原意，必须"青灯黄卷"，"爬罗剔抉，刮垢磨光"，付出整个一生。在他们的研究领域，外语根本起不到作用。要他们外语"过关"，不是类于监和尚带梳吗？——监和尚带梳只给和尚添些不便，而监中医传统理论研究者外语过关，却是在分散他们的精力，后果坏得多了。

医学界有个倾向，就是扶西医、挤中医。西医治死了一万人，顶多只能算某些医生出错；而中医出了点儿事，那就是中医整个"不科学"的错了。二十世纪二三十年代，国民政府曾公然宣布取缔中医。这是一股时潮。曾几何时，中国的阿Q们剪掉辫子，穿上西服，俨然又是一条条好汉，可惜没有补钙，膝盖骨依旧软，才从朝王公大人的方向爬起来，又扑通一声朝洋人跪下去了。"世界是多元的"，"世界要有分工"，"中西应该互补"，这些本来是极简单明显的事实和道理，然而许多人就是不能面对。

　　刘力红讲得真好：中医在辅助的技术手段上比不上西方，但中医从天人合一的角度全面理解生命，也拥有独特的诊断手段。二者补充起来就很完美，这样对于我们社会，对于我们个人，对于我们国家都是有利的。因此，我们中国人应该直起腰来和西方平起平坐才是。

　　中医作为"和尚"不带外语那"梳"，应该得到认可。中医之外，许多人其实也是"和尚"，同样应该允许他们不带"梳"——当然，如果和尚自己喜欢带梳，那是他个人的自由，也没坏处。

2004. 3. 6

鸡同鸭讲

　　鸡仔叫，吱吱吱；鸡嫲叫，咯咯咯。在农村，只要还养着窝鸡，放它们到空地上找虫蚁吃，就可以看到它们这种"天伦之乐"：母子间吱吱咯咯地交流。

　　生命是需要有情感、思想等各方面的交流的，而交流的主要媒介就是语言。鸡之鸣鸭之叫，我们不妨理解为它们的原始语言。

　　但鸡鸣表示什么，鸭叫表示什么，鸡鸭之间是相互听不懂的。山边来了豺狗，鸡发现了，惊叫狂奔；鸭没有看见豺狗，只听到鸡的惊叫，也随之惊叫起来扭着屁股钻进池塘：这并不见得是鸭听懂了鸡叫的意思，只是受到情绪感染而已。鸡和鸭其实是无法进行语言交流的。

　　于是，凡出现相互间难以进行语言交流的情景，广府人就称为"鸡同鸭讲"。

　　珠三角地区人接触西方人较早，出现鸡同鸭讲的情景也较多，情势逼得非有翻译不可。

　　翻译，如果只作日常的交流，不必太严谨，那还好当。而要翻译专业语言，那就必须对该专业有所钻研才行了。近日看报，有文称中医所说的"五脏六腑"被译为"五个仓库和六个宫殿"，弄得该文作者感叹道："中医英语落后已经阻碍了中医国际化的进程。"

读完这篇文章，笔者不禁对翻译作了一个稍为深层的思索：中医翻译出去是为了"国际化"，"国际化"又是为了什么？

可以有两种截然不同的目的。

一种目的是要争取"国际"的承认，所以急于把"材料"译出去，让洋专家审批时看了点头。这举措当然很有道理，君不见，当年阿Q（此人现在似乎应该称为赵阿贵同志）要革命，不是也得登门去向假洋鬼子求批准吗？

另一种目的是真的要普济万国苍生，让西方人读懂中国古代的医学理论，掌握中医医术。

如果是后一种目的，恕我大胆地说一句，想从牛津词典里找到最准确的翻译词语，必定是徒劳的。

看个榜样：唐玄奘译《般若波罗蜜多心经》，"般若""波罗蜜多""涅槃""三藐三菩提"等都是音译，绝不作意译。这位把佛教三派图书馆的书都读进肚子里的"三藏法师"，对佛学理解越深，就越觉得专门术语无从意译。即使译出些"正等正觉"之类的词语，对佛学不甚了然的人来说，看了也并不比读到"三藐三菩提"懂得更多一些。译中医书恐怕也一样，译"心"为"heart"就肯定不知所谓：中医所讲的"心"，不光指在X光屏上扑扑跳的那个器官。

在中医学领域，讲"心"讲"heart"，就有点儿像鸡同鸭讲。

鸡同鸭讲，永远讲不通。但人不是鸡、鸭，只要尊重对方的文化，是可以相互交流的。"中医国际化"，其实早已实现。日本人、朝鲜人许多年前就学了"汉医"。不过，那时的背景不同：全世界任何一个角落都还未流行"中国文化落后"的观点。

"中医国际化"是好事，但应该由人家来学，像从前的日本人、朝鲜人那样；不应该由自己人带着卑怯的心态惶惶急急地送出去。那些惶急的人，底子其实是西学多于中学，由他们译出的中医典籍，我估计西方人看了，只会产生"出口转内销"的感觉。

2004. 3. 31

鸭同鸡讲

鸡肉好吃，但假如每天的餐头餸都只是鸡：白切鸡、豉油鸡、盐焗鸡、炸子鸡……恐怕吃久了也会倒胃口。于是，要有调剂，有时也要吃鸭：冬瓜鸭、陈皮鸭、烧鸭、腊鸭……

不过，论起人们"进口"的数量来，鸡肉比鸭肉肯定多得多。因此，养鸡场的数量和养鸭场相比，也肯定占压倒性优势。如果鸡真有语言，大可以说自己是"家禽大众"，而把不会讲鸡话的鸭看成低级家禽。

鸡形成这样的偏见，鸭是很难置辩的。养鸡场星罗棋布，呼应起来，鸡声就成了家禽界的主流语言。几声"eb，eb，eb"，没多少人能听得见的。纵使有些勇敢的鸭士挺身而出，努力争取家禽平等，但他们无论有多么出色的诉讼辞，都注定要被由鸡士们控制的家禽舆论淹没。试想，你说"ebeb，ebebeb。eb！ebebe-beb，ebeb？"人家知道你说的是什么吗？人家"吱吱吱""咯咯咯"地商讨一番，就可以根据七十二个条款判定你的诉讼没有理据。

中医向被西化知识分子把持的学术界争取平等地位，就是一段鸭同鸡讲的历史。

两千多年来，中医的理论根据都是阴阳五行学说。这学说是古代学者们探讨宇宙万物关系的理论成果，其视角和手段与西方人不同，而所见则与西方人各有千秋。

然而，中医的理论，在西化知识分子听来，就全是"ebeb，ebebeb"了。怎能让"ebeb"谬论流传？主流文化精英义愤填膺，就"吱吱吱""咯咯咯"地叫开了。1920 年，余云岫矛头直指阴阳五行学说，说它是"非科学的""哲学式空想"。1929 年，国民政府卫生部召开"全国中央卫生会议"，出席者都是立心要清除中医的志士；会上通过了"旧医登记案"，直言其目的就是要废止中医；议案提出者余岩上纲上线，说谁维护中医谁就是反对科学，阻碍行政，妨害国际化，不谋振兴，不愿救国……1934 年，傅斯年著文，说中医向西医争论，"真把中国人的劣根性暴露得无所不至"，因为这样一来，"岂不使全世界人觉得中国人另是人类之一种"？1935 年，胡适在文章里问：中医在"科学的医学史上能够占一个什么地位"？自问自答的结论是：还处在西洋文化的巫术时代，落后了两千年。陈泽东向胡适主笔的《独立评论》投稿反驳傅斯年，胡适以陈泽东讲的是五行六气阴阳奇偶拒不发表。

西化知识分子反对专制而张扬民主，而且口口声声要给一切人带来民主。不过，那是有前提条件的：不论任何人，都必须按他们的"独立评论"那样去评论，如果你竟敢独立于他们的"独立"之外，他们就要你为中国的落后负完全责任！他们"吱吱吱""咯咯咯"，你"ebebeb"，那么，即使你是"民"，也不让你"主"。如果他们再掌了权，那就连"民"的资格也给你吊销。这种历史事实有"近似量子效应"：既在过去，也在现在，还在未来。

鸭要争取到能和鸡一样讲话的权利，不要把希望寄托在学鸡讲话而争取鸡的接纳上。中医七八十年来的溃败，要害可能就在于出面讲话的人大多仍以西医标准来衡量中医。试想，鸭不讲"ebeb"，而硬去讲"吱吱""咯咯"，结果就只能发出"eib，je-boi，oebji"一类的怪音，招人鄙视，咎由自取。

中医要自强，应该理直气壮地讲传统中医理论。刘力红先生一本《思考中医》，深入体会和阐述中医学理，我敬佩他。由此我更想到，鸭不必急于同鸡说话，即使鸡仍以"家禽大众"自居，鸭也不妨恬然地做自己的"家禽小众"，过自己的生活，做自己的事，说自己的话。

章太炎的意见很好：中医不要和西医在言论上较胜负，不要急于攀附官府、大学的权势，而要自立于扎实的医疗实践，努力治好那些西医治不好的病。

——《读书》2004 年第 3 期《失语的中医》读后

2004. 4. 15

抛浪头

"易，无思也，无为也，寂然不动，感而遂通天下之故。"——《易·系辞》中这几句话，在西化知识分子看来，只是"非科学的""哲学的空想"。西化知识分子凭什么做出这样的判断呢？不凭什么，就凭他们读不懂。虽然不懂，但是很骄傲，因为他们自以为得到了西学真传，所有"科学"都拿在手上了，就好比一副扑克牌已拿着4个A、4个K、4个Q、1个J那样。这副牌还不是天下无敌吗？

不，有的！人家手上偏有方块2、3、4、5、6，梅花3、4、5、6、7，打"罗宋牌九"，即十三张，你就只好做"秀才手巾"。

打扑克，小事，不说它。且回到《易·系辞》那句话上。那话说的是什么意思呢？用现代语言说出来，就是：如果把无意志、无目的运动变化着的自然称为道，那么，人就只是道的产物。而易是道的反映。易存在于万物，当然也就存在于人。易在人生命中所起的作用也就是道所起的作用。因此，存在于人的易同样无意志、无目的，并不想主动去做什么；然而因为易、道本身的律动是万物运动变化的源头，所以，人凭着内在的易就可以和天下万物相通。由此推论可知，在人的潜意识里就潜藏着很丰

145

富的关于天下万物的理念。

"哎唷唷，瞧，多么不科学啊！简直胡说八道！……"西化知识分子听到以上的解释，一定会这样起哄。

我劝这些先生们暂且少安毋躁。你们不是已经得到西学的4A、4K、4Q了吗？总该知道柏拉图、开普勒说过些什么了吧？恕我无知，只会抄书，抄得如下几段：

……柏拉图在《斐德罗》中表述道："这些被唤醒的东西（按：指头脑中突然想到的东西）并不是从外部输入的，而是一直潜藏在无意识领域的深处。"

……在《世界的和谐》一书中，他（开普勒）写道："人们可以追问，灵魂既不参加概念思维，又不可能预先知道和谐关系，它怎么有能力认识外部世界已有的那些关系？……对于这个问题，我的看法是，所有纯粹的理念，或如我们所说的和谐原型，是那些能领悟它们的人本身固有的。它们不是通过概念过程被接纳，相反，它们产生于一种先天性直觉。"

著名物理学家泡利对开普勒的这一思想进行了更为精确的表述："从最初无序的经验材料通向理念的桥梁，是某种早已存在于灵魂中的原始意象（images）——开普勒的原型。这些原始的意象并不处于意识中，或者说，它们不与某种特定的、可以合理形式化的观念相联系。相反，它们存在于人类灵魂无意识领域里，是一些具有强烈感情色彩的意象。它们不是被思考出来的，而是像图形一样被感知到的。发现新知识时所感到的欢欣，正是来自这早就存在的意象与外部客体行为的协调一致。"

以上所抄见刘力红《思考中医：对自然与生命的时间解读》第 241 页至第 242 页。由此看来，中西方圣哲原是英雄所见略同的。他们其实都察觉到，人类大脑的某部位刻录着千百万年生命史的信息。同样有此觉察，真正博通中西的钱学森就语重心长地提醒我们重视思维科学。但君不见还有假洋鬼子吗？他到外面浸过两滴洋墨水，回来就用一个"No"镇住赵白眼之流。西化知识分子为压倒钱学森，打出的牌全是 A、K、Q，他们出洋其实没学到西方人的灵性，可能一天到晚只学"出老千"吧！

黠慧诙谐的广府人老早就看穿这类把戏，因此当人家用说洋话、讲洋理来欺负我们时，我们会镇定地说："你唔使抛我浪头！"——这"抛"用得好，它就是说洋话者嘴里吐出的"proud"的近似音，以近似来影射对方"抛"出来的东西未必原装；"浪头"也用得好，它形容对方来势汹汹，其实却没有多大的杀伤力。

2004. 4. 20

拍　拖

　　许多年前，有位从外省来的朋友，著文中公然说"拍拖"这个词是向香港学来的。有根据吗？没有，只是臆测。为什么会有这样的臆测呢？根据我的长期观察，深知此人存在严重的偏见。他认为广东既然古来是南蛮之地，就等于一向没有文化；现有的文化都是外来的，不是来自内地，就是来自外国。而外国文化进入中国，第一站是香港，然后从香港再进入广东各地。"拍拖"既然不来自内地，那就来自香港无疑了。

　　这位老兄有着一种莫名其妙的文化优越感，来到广东，有种救世主驾临的味道，我判定他在广东的发展是极其有限的，做不了大事业。广东人不轻视外省人，而外省人来到广东反而轻视广东本土文化，那他怎么能真正融入广东民间社会呢？幸亏绝大多数外省人不像这位老兄那样糊涂，但也不见得只此一个。我这篇短文也算是好心好意地向外省来粤发展的朋友提个醒吧。

　　说回"拍拖"这个词。我见识甚少，只能也臆测一回。

　　记得看过郭沫若的《少年时代》，这位革命志士兼风流才子说，他早年经过广州，广州词语给他印象最深的就是这"拍拖"：形象优雅，比粗俗的"吊膀子"好得多了。由此可见，这个词民国初年就有。至于它的来源，我觉得可能和当时也属新事物的"花尾渡"有关。

花尾渡是能载几百名乘客的大船，船上没有动力系统，全靠一艘小火轮系一根长长的缆绳拖带。将近目的地时，小火轮徐徐收缆，直至和大船并排系在一起，从旁拖到靠岸。广府话叫并排为"拍"，所以就称这情景叫"拍拖"。

至于是先称情侣挽臂并行为拍拖，还是先称小火轮与花尾渡并行为拍拖？我不敢贸然断定，很希望识者赐教。

2006. 8. 20

死牛一边颈

死牛侧躺着，一边颈着地，另一边颈朝天。人们只能看到朝天一面，看不到另一面。死牛自己不会转身，人们又没谁花得起一千几百斤力气帮它转身，所以看来就只有一边颈。

粤语指某个人死牛一边颈，从上文得知，其实包含两方面的意思：他自己固执着一个片面，而且拒绝人家帮助他正视另一面。

在日常生活中，可以听到市井间有诸如此类的对话：

"你劝下佢啦！"

"同佢无得倾嘅，佢都死牛一边颈嘅！"

或者：

"好好听下人地讲，咪恁死牛一边颈啦！"

"我话佢死牛一边颈至真！"

这后一个例子很有趣：死牛一边颈也有真假之分？细想一

下，是有的。

有些人坚持真理，又属少数派，往往会被人误认为死牛一边颈。

而世界上也真多着不讲理而又死牛一边颈的人。先前有个笑话说：A 坚持说三七等于二十五，B 怎么说也不能使 A 相信三七二十一，于是拉着 A 去见县官评理。县官喝令打 B 五十大板。B 喊冤。县官解释说："你跟讲三七二十五的主儿争论，属于扰乱治安，不打你打谁?"

笑话归笑话，在现实世界里，我们还真会遇到不少认定三七二十五的主儿的。对付这类"死牛一边颈"的人，我们向他讲三七二十一完全没用。我的办法是，能不跟他说话就不说话，不得不说，就跟他说："三七二十六"——"大"他！

2006. 9. 23

火遮眼

曾在杂志上看到过一篇短文，是位刚从外省到广东找工作的先生写的。他听到广东人称他为"捞仔"，就怒火中烧，直冲脑门——直冲脑门的火当然遮了眼。火遮眼，看事物必不真，而且必带火气，即使是水，也会觉得这水滚烫无比，而且向他扑来。于是，他不得不做出最激烈的反应，大骂广东人说："我捞了你什么啦！"

这样的文章也有编辑肯发，我相信那位编辑一定也是位容易火遮眼的"捞仔"或"捞妹"。

其实，这些先生女士们只要虚心向明白事理的广东人打听一下，就很容易知道，"捞松"只是"老兄"的讹音：外省人恭敬地称广东人为"老兄"，广东人回敬，也称对方"老兄"，可是唇齿舌颚控制不好，便说成"捞松"。广东人叫年轻男女为"仔""妹"，于是就泛生出"捞仔"和"捞妹"的称呼。就词义本身来说，毫无歧视意味。

至于该文作者当时如何会作为"捞仔"而挨骂，我相信人家骂他的原因，不是他身为"捞仔"，而是这"捞仔"态度不好。证据就是他的文章。看他文章，就知道他惯于盛气凌人，"下车伊始，就哇啦哇啦"，挨骂，应该！

外省人来广东发展，首先要尊重广东文化、广东人。这一点，安文江先生做得很好。他以尊重广东的态度了解广东，在了解广东的基础上批评广东。正因如此，尽管这"捞佬"言辞激烈，但广东人都看得出，他有火而不遮眼，所以就不觉其为"捞"，一样捧他的场。

2006. 11. 17

捞

《火遮眼》中写道，希望传媒把"捞仔""捞妹"的本来含义向外来人员讲清楚。我认为，这是有利于本地的社会和谐的。本文为再次表达同一希望，特意深入讲讲"捞"字。

和"捞仔""捞妹"同读 lāo 音的捞字，只有打捞的意思，没有非法牟利的意思。

能指非法谋利益的捞，读 lōu。这"捞（lou）"有个含义变化的过程。

它的本义是搅拌。豉油捞饭，就是用豉油拌饭。拌饭，动作要领是从底到面、从左到右、从四周到中间，处处都作翻天覆地的搅动。广府人黠慧，此情此景入眼入心，便创造出"捞世界"等一系列的词语。

某些人是以搅乱社会谋生的。他们在社会这个大饭盘子上，起的就是"捞（lōu）"的作用。做强盗，做小偷，做拆白党（诈骗集团），结黑社会，叫"捞世界"。参与捞世界的人，叫"出来捞"。在"捞"界里有地位的，叫"捞家"。"捞家"有地盘，各自手下的马仔不得"捞过界"——这些是从"捞豉油"发展出来的第一层含义。其要点在于，点出这类人把社会搞得天翻地覆。

由于黑白社会其实很难分开，黑社会的词语就渐渐侵入到日常语言里。为学时尚，非黑社会人士口中轻轻地说句"宜家都唔知捞边行好"，听者也不会误会他是黑社会人士。这时，"捞（lōu）"的含义就发展到第二层，变得不再只是负面的了。正面、负面分不清，说到负面，便又要特别创造一个新的说法："捞偏门。"

　　——上面所说的词义转变过程，已经是中华人民共和国成立前的事了。

　　本地人叫外来人员为"lāo 仔""lāo 妹"，纯粹是从"老兄"讹音来的。如果真想辱骂对方是小偷、妓女，就应该骂"lōu 仔""lōu 妹"。因此，外来人员听到人家说你"lāo"，请不要像阿 Q 听到"亮"那样全疤通红，发起怒来。做编辑、当记者的请尤其注意。

2006. 11. 24

发嗑疯

我见过名副其实的发嗑疯。那年我读初三，班主任为拓宽我们的眼界，带我们去参观疯人院（那时的叫法）。医生领着我们逐处介绍。我们心惊惊，对医生实行紧跟。医生笑了，说："不必怕，让他们自由活动的人，只是间歇性发病；而且一发病，其他人会帮助维持秩序的。"我们正一喜，却忽然发现前面有人对着我们痛骂，心随即又一紧。骂的内容听不清，只看到他那愤怒的神色催着两片嘴唇上下翻飞，频率甚高。医生又一笑，说："这人是典型的发嗑疯：他的耳朵有毛病，整天听到人家骂他，于是他就针锋相对地回骂。"

真正发嗑疯的人并不多。广府人说谁发嗑疯，是因为他：第一，话说得荒唐，没道理，或不可信，或无价值无意义，或以偏概全；第二，喋喋不休，讨人厌。

搜最近的例子，我觉得主张不再以"龙"代表中华民族的人，就类似于发嗑疯。

把中国人说成是"龙的传人"，这是现代的说法，起源于台湾某歌手和某政治风云人物，并非自古以来的中华民族自称。我是不赞成中国人自称"龙的传人"的，因为我们实在不全是龙的子孙——从前，只有皇帝能称龙。

　　但龙的形象，本是来源于雷电。雷电带来雨水，是从事农耕的中华民族的最佳拍档。因此，逢年过节，先人都不会忘记请龙，让好朋友也来共同高兴一番。龙，矫健而不强横，威武而不狰狞，庄重而不古板，常处动态，蜿蜒前行，喻示着生生不息、顽强刚毅，却又从容淡定、不骄不躁，大有"我走自己的路，让别人说去吧"的气派。

　　物以类聚，好朋友的形象也就是自己的形象。以"龙"代表中华民族，很贴切。拿着一些误解的道理，否定龙的形象，耳朵里整天回响着西方人那 dragon 的发狂甚至喷火的声浪，嘴巴就不免发嗑疯了。

2006. 12. 5

使铜银买病猪

在用银圆做货币的时代，有人制造假币：内里铜质表面镀银，不小心审察，会受骗上当。

明知自己手上拿的是铜银的人，不老实，一心想着把它变成实物。一旦买到东西，他便会赶快走开，深恐迟则生变。现在，他买到一头猪，自然就会赶着猪快快离开。——心里高兴：铜银变成实物了！卖猪的呢，原来他卖的是病猪，也巴不得买家赶快离开，接过铜银，也不仔细看看就往口袋里装了。他心里也高兴：病猪变成钱了！

"使铜银买病猪"的来由大概如此。但广府人运用它来说及日常生活事态时，往往不限于指生意场的事。比方说，一个拿着假文凭的人去求职，受到一间"皮包公司"青睐，我们就可以这样评论：这是使铜银买病猪。

从前，店门招牌上往往写有"货真价实""童叟无欺"的字样。固然也有败类亵渎这些美好的词语，但做到货真价实、童叟无欺的商家还是主流。可惜，随着儒家思想的失势，人性弱点竟被有意无意宣传成正当权利，道德的滑坡，就把"诚信"两字冲刷到太平洋里去了。

有一幅漫画画着：在售卖特价品的货柜前，售货员向日光照看顾客给的钞票，顾客则掏出放大镜审察货品，他们同时想的是四个字：是真的吗？——这是现代版的"使铜银买病猪"恐惧症。而且，这种情景已经到见怪不怪的程度了。

　　人们当然希望诚信回归。但诚信是关乎人格人品的问题，有位学者说："保存每一个文化系统的完整，是因为文化、传统、历史和社群是培养人格人品的要素。"在中华文化系统受不同程度破坏后的今天，要使诚信完全回归，还需要一个过程。中国民族的伟大复兴，是要以中华文化的伟大复兴为前提的！

2007. 1. 16

化　学

　　在 20 世纪 40 年代以前，大人喜欢买化学玩具赠送给小孩。化学玩具轻巧，颜色鲜艳，拿常玩的由泥头烧出的小鸡之类的玩具去比，那就像是蚊髀比牛髀，没得比。小孩得到化学玩具制品，自然乐不可支。

　　但那时的化学玩具很不耐用。一般会在几个小时之内就变得面目全非：气球漏气了，小车脱轮了，公仔断手了等。小孩哭，大人无奈。城里人因此而得到的最直接印象是：化学品不耐用。

　　城市影响着农村。城里人为给家乡小孩一个大惊喜，山高水远给送去化学玩具。乡村孩子更狂野，玩具面目全非得更快。乡村人因此也得到个最直接印象：化学品不耐用。

　　城乡合流，从此，人们看到不耐用的东西，就说它"化学"："呢个盒恁化学嘅！"

　　推而广之，用到人和事上："渠口轻轻，睇来系化化学学嘅唧。"

　　时代在进步，化学工业突飞猛进，其成就渗透到我们生活的许多环节里，再也不由几个气球、小车、公仔代表化学了。这样，人们口头上就越来越少用"化学"去鄙视什么了。比方"豆腐渣工程"，按从前广府人的说话习惯，是可以叫作"化学工程"的。但现在谁也不会这样说了，因为这么一叫，反而抬举这工程了。

"化学"，曾被广府人误解了许多许多年，终于它以自己实力所创造的功效还自己一个清白。

2007. 2. 22

黑狗得食白狗当灾

塘鱼添孔雀绿，辣酱加苏丹红，只是极少数商家做的缺德事，但人们得知消息后，心存畏惧，就使塘鱼、辣酱的销量直线下降。少数缺德商家赚大钱，多数本分商家吃大亏，这就可以形容为"黑狗得食白狗当灾"——广府人使用这形容语时，不计较狗的本质，并无把人当狗的意思。

"黑狗得食白狗当灾"的最大冤案，恐怕就是所谓"国学"问题——这里谈论的"狗"，也只是纯粹的比喻，不含贬义。

谈"国学"问题，其实是在谈论如何对待中华文化传统的问题。谈论者很多。一百年前，有人谈论国学，是想抗拒时代潮流，不愿接受中国需要向西方学习某些东西的现实。但当时也有不少人，是想追踪"二千年来本国学术思想界流转变迁之大势"（钱穆语）的，并没有错。时至今天，有人提倡国学，则是觉得，为了纠正现代社会的不良风气，需要强调尊重自家传统，要向传统汲取解决当前问题的智慧。但也有人在趁这风潮求名求利。

正因为有人趁提倡国学之机求名求利，胡诌乱讲，所以就被反对进行国学教育者抓住了把柄，向提倡国学者全面抹黑。这些人往往在社会上有地位、有名气，影响力较大，民众听了，就会说："谁谁谁都这么说了，提倡国学就是要人读死书、死读书……"在他们心中，提倡国学的人都是"黑狗"。殊不知，现在提倡国学的人大多是"白狗"，其目的，是希望人们通过体认文化传统，重建和谐道德观念，重启举世无双的中华智慧，让中华民族在自家牢固的哲学根基上站稳脚跟，然后迈开大步，无所牵绊地走向真正的伟大复兴。

2007. 3. 4

听价唔听斗

旧时讲的斗，大致有两种。一种是小容器，等于勺子。"李白斗酒诗百篇"，是说他喝了一勺子酒就诗兴勃发不可遏止。另一种是大容器，容积为十升。魏晋时期民间盛行的五斗米道，原先是一种民众互助组织，拿五斗米去入了道，以后有什么困难，这个组织就想办法帮助解决。

大斗原有标准。但由于历史变迁，米斗也有大小斗之别。不法商人买卖粮食，往往买入用大斗，卖出用小斗。精明的籴米人，议价前一定要问明用的是大斗还是小斗。

但偏偏有些"大头虾"，即不大动脑子的人，常被不法商人的小花招迷惑。甲米铺十二个铜板一斗，但听说乙米铺每斗只卖十一个铜板，于是，赶紧跑到乙米铺去买，不料回来一折算，反而吃了亏。

"听价唔听斗"，就是广府人对"大头虾"们的责难。

"听价唔听斗"的错误其实很普遍，一不小心，谁都会犯。即使是地位颇高的名人，也毫不例外。看有些报刊讨论读经，就知道真还有不少"听价唔听斗"的官员、专家、学者。

有些向来以倡导新文化自诩的人，一听到人家讲"读经"，就马上做出价值判断：守旧、复古、祸国殃民，却不肯用心听听人家究竟主张读什么"经"。其实提倡读经的人士，针对的是现代人道德滑坡的弱点。他们希望引导社会成员，特别是青少年，从中外经典中汲取精神营养。他们所要人读的，绝不限制于"四书五经"，而是古今中外所有有价值的原创性著作。"四书五经"固然要选读，莎士比亚的作品也要选读。他们用的是"文化大斗"，而在反读经者的头脑中，却只有喝酒小斗的概念。

这本来是个关键问题，但不知何故，报刊的记者与编者们只让人漫无边际地说读经好或读经不好，这就跟讨论到织女星买织布机是好还是不好一样——"擤（浪费）口水"！

2007. 3. 10

扭纹柴

　　从前用木柴煮饭。买回家的是大柴棍，而烧火则应该用较幼细的柴枝。因此，买柴回家之后，就有个"破柴"的工序。一般广府人家中都备有柴刀。柴刀，比菜刀要厚重许多倍，但它确实是刀，而不是外省人多用的斧头。外省人用斧头，双手抡起劈下，就不叫"破柴"而叫"劈柴"。

　　柴刀由单手挥动，动作幅度比不上斧头，力度也因此较小。广府人喜欢买荷柴，就因为荷柴纹理多成平行直线，刀口不论从哪个角度破入，都可以轻巧而顺畅地变柴棍为柴枝。

　　不过，荷柴价钱高，还可能脱销，所以就有时要买杂柴。破杂柴是件苦差事。首先，不能随便下刀，一定要看准纹理。而纹理又不是一看一个准的，往往柴刀破到半路，才发现刀口下面的纹理大幅弯曲。这时只好退刀，再选择另一个角度重新发力。往往需要三番五次地改变角度，甚至屡次把柴棍颠过来倒过去狠命地用力。至于这样破得开破不开，还得看运气。运气好，总算可以将它一分为二。运气不好，柴刀还可能在你狠命用力时进入一个纹理大纠结的区域，进，已无力再进；退，却早被卡紧；那根柴棍不依不饶，要跟你纠缠到底。我有三十年没破过柴了，当年碰到这种情况如何对付，印象已经模糊，很难忆述清楚了，概括地说，就是出尽法宝把柴刀敲出来。

叫人伤透脑筋、很难对付的这种柴，就是"扭纹柴"。

近年看足球界，球员花边新闻层出不穷。每看到这类新闻，我就莫名其妙地想到"扭纹柴"，而且是那些夹着柴刀不依不饶的扭纹柴。

2007. 4. 4

苏州过后冇艇搭

求职场上，往往会陷入两难选择：有个职位，不尽如人意，是接受还是推辞？

问亲戚朋友，有人说："唔使急，你慌苏州过后冇艇搭咩！"

有人则说："唔好走鸡呀，苏州过后冇艇搭啦！"

该信谁？都要参考，都别全信。最要信自己！

苏州，存在于水网地带，艇，是当地最常见的交通工具，说"苏州过后冇艇搭"，不免过甚其词。所以，"苏州过后冇艇搭"这个用语的原意，是说所担心的事不可能出现，不必多虑。

但是，如果我们从另外一个角度去想，则苏州是个大埠，大船小艇，络绎穿梭，可以想象。而"苏州过后"呢？那里可能是野水荒湾，虽则会有几条商舫渔舟，但未必肯让你去"搭"。所以，"苏州过后冇艇搭"的情景还是可能存在的。

汉语，是"情景语言"，某些词语的意思往往随语境变化而变化，有些甚至变到完全相反。语言学家把词义变得相反的现象叫作"反训"。在中学语文课本里可以读到的荷蓧丈人的话："四体不勤，五谷不分，孰为夫子？"其中就有个关键字需要反训。许多人做注解，为站稳立场起见，就把这句话解释成丈人骂孔子不劳动、没生产知识。但下文说，丈人"止子路宿，杀鸡为黍而食之"，很是温文有礼。如说他一见面就骂人家的老师，那他岂不变成"头上长角，身上长刺"的"愤青"了吗？这样解释显然不恰当。正确的解释应该如钱穆所说，这"不"字要反训为"丕"，有"大干特干"的意思。"四体不勤，五谷不分"等于说：我只知道勤快劳动，给五谷施肥（"分"通"粪"，古义为施肥）。

  读古书，以至于做任何事，都应该充分考虑所有的材料、数据等，做出综合判断。解书，该照字面解时就照字面解，该反训时就反训；做事，有时可以不怕"苏州过后冇艇搭"，有时则要防"苏州过后冇艇搭"。

2007. 4. 20

169

着起龙袍唔似太子

　　演大戏的班子，人才未必济济。大老倌担纲，其他人帮手。观众看的主要是大老倌的戏。人世间，太子是一流人物，不是一流也得把他说成一流。但在戏里，太子却可能只是戏文要有交代才让他露一露面，微不足道。大老倌是无论如何都不肯演这角色的，于是随便在下面找个人来演。而那人则可能一点儿像太子的气质都没有，观众一看，就说这人"着起龙袍唔似太子"。

　　我之所以记起这"着起龙袍唔似太子"，是因为最近看了些某个"神童"的电视镜头。没有神，没有气，没有情，没有趣，也没有风度，与他在球桌上的对手相比，人家像太子，他则像乞丐。尽管媒体不断给他披上各种款式的"龙袍"，但他讲不会讲，做不会做，总之，"唔似太子"。

　　说他年轻吗？他二十岁，比霍去病统率大军时的岁数还大。霍去病会说"匈奴未灭，何以家为"，这"神童"会说什么？他会说的是："不想打了。"

　　霍去病不穿龙袍，他是将军，穿战袍。但我想，如要他演戏，穿龙袍，他的气质足可让他似太子。

　　爱读书，是霍去病的优点。气质是读书养成的。而"神童"

呢？媒体也报道了：他说"不用读书"。小学三年级程度，就说不用再读书，等着做某个专项的"太子"了，这样的人着起龙袍能似太子才是咄咄怪事呢！

　　自从看过媒体报道他大言"不用读书"之后，我就盼着有一天能看他的笑话。伦敦之赛央视直播，我看，老伴说："很糟糕，看什么！"她不知道我就想看他倒霉。2∶10，这霉倒得好！——让一个主张不用读书的人倒尽霉，可以启发其他以为可以不用读书的人猛醒，所以叫好。

2007.4.26

口大、口细

从前，小民受损害，要去打官司，会有好心人相劝："蚀底啲算啦，人地口大你口细，讲唔过人地嘅！"

口大，指说话影响力大。而影响力的背后，是"话语权"。话语权，一来自权力，二来自舆论趋向。

一百多年来，认定必须拿西方文化取代中华文化的"知识分子精英"最有话语权。他们手拿印把就用权力，手握媒体就用舆论，努力使自己的话语影响力最大化。社会底层不容易接触其他话语，无从建立参照系，只好盲目是"精英"所是，非"精英"所非。于是"精英"反过来就说："瞧，人民大众都这么说了！"口，因此而更大。

改革开放以来，除了"精英"之外，也有明白中华文化历史的人说话了。虽然他们仍然属于口细派，但影响力也在日渐增大。近日中医药界在广州举办了论坛，发表宣言称："坚决反对任何形式的废弃、排斥、歧视中医药的言行，反对盲目'西化'。"

这不过是口细派在口大派高分贝叫嚷中喊出的一声低分贝抗议，并无过激，纯属防卫。然而立刻招来某大报"热点快评"的指点。评论家把话说得尽量"公允"："没有争论就没有进步，只有在争论中才会看到自己的缺点、不足。"而如此这般发宣言，则会把"善意的批评都视为废弃、排斥、歧视中医药的言行"云云。

口大和口细之间，存在着事实上的不平等。中医药明明受着口大派"废弃、排斥、歧视"的威胁，评论家却用个不考虑平等与否的"争论"来改变性质；评论家自己在文章开头也明明说到"中医是伪科学""废弃中医"的号叫已经"甚嚣尘上"，却要中医药界人士在人家的刀光剑影中寻觅"善意"；中医药界明明处在争生存权的时刻，评论家却叫他们好好自省有什么"缺点、不足"，在人家把自己头颅割下之前求得"进步"：如此貌似公允的"快评"，只能鼓励口大者的口张得更大，同时把口细者的口封得更细，而受众中一向是随流误解中医的多，则只会被引导着对口细派多一层隔膜，多一点冷漠。

2007.5.14

画公仔画出肠

　　有些文章作者，不相信读者的阅读能力，把应该隐含的内容也明明白白地说出来。曹雪芹有些只写"黛玉说"的地方，如果由此辈执笔，就必写成"黛玉充满妒意地说"。这等作者，用广府话来形容，就是"画公仔画出肠"——公仔是人像，看到人像，自然知道这人肚子里有肠，还要特别为公仔画肠，可笑。

　　但有些糊涂读者，有时也会出现一种冲动，要求作者"画公仔画出肠"：他吃惯"文化快餐"，懒得想。

　　不过，还有些无形中等于要求"画公仔画出肠"的人，冲动的来源不在于水平低，而在于被情绪左右。

　　某大报在显眼的"每日一句"上发表一个说法："《三字经》的最大问题，是只强调人的道德义务，对权利根本就付之阙如……"

　　且背几句《三字经》："养不教，父之过。教不严，师之惰。"

　　这几句，所"画"出的"公仔"，是父和师的义务。讲常识吧，提到义务，则为之负义务的对象就等于得到权利。讲到父和师的义务，就等于承认做儿子的、做学生的事实上具有一种权利，向父亲和老师要求教而且教得严。"儿有权，要父教。生有权，要师严"，是"养不教，父之过。教不严，师之惰"这"公仔"肚子里的"肠"。

而不幸的是，善于议论的人，被西化情绪左右着，就对没有"画出肠"的"公仔"深表不满了。

西化情绪往往还导致固执二分思维，义务和权利只会取其一。且看那位老兄最后说的那句话："当前亟须进校园的，不是《三字经》，而是一册适合少年儿童阅读的公民权利读本。"

这就更进一步，要求只"画出肠"而不"画公仔"了。

2007.5.30

无尾飞砣

未见过飞砣，只见过链球，估计它们的形制是一样的。

飞砣而无尾，飞入草丛或者飞落山谷，就无处追寻了。广府人形容某人一去无踪，就说他有如无尾飞砣。

但先辈指导我写文章，也曾用过无尾飞砣做比喻。他说，前后文要呼应，不能写到哪里算哪里。前面提到过什么，后面要在适当地方照应一下。如果有些话像无尾飞砣一样，文章结构就不完美了。

说到文章，又得提起《论语》中那则"以杖荷莜"的老人说"五谷不分"的故事了。

有朋友献疑说："分通粪，字典所无。"其实字典是不能把古人所有"通假字"全列出的。"分""粪"字音相近，"分"字义项中有"施""分布"两项，"粪"本义也和"大粪"无关，而是把什么分布涂抹或抛洒的意思，两字通假很自然。

这且不说。还是说点和无尾飞砣相关的吧。

我注意到这则语录一开头就标明老人"以杖荷莜"。"莜"是什么东西？一向解为"除草工具"，我大感疑惑。20 世纪 70 年代我在家乡种田时，除草"工具"只是本人的一双手！春秋时代应该也是没有"除草器"的。

按字形分析，"茶"，草字头，这应是草类或草制品，不可能是除草器。从构字法推论，从"草"从"条"，意即使草条理化，亦即编草成器物的意思。有人直指那"茶"就是草袋，我认为是合乎情理的。这老人当时应该是把肥料送往田里，先除草后施肥。这样理解，对前头那个"茶"字才有照应。《论语》文字简洁而前后照应严谨，绝无无尾飞砣的毛病。

有位中国国家跳水队总教练曾说，动作要细腻到脚尖。这其实也是古代文艺家的要求，写文章不能让某些话像无尾飞砣，只是其中一个小小的艺术环节而已。

2007. 6. 30

死噉阕

宋词，大多分上阕、下阕。上下接不上，是"断阕"。把这"断阕"活用，可指有头无尾或中间失去连接的事物。而指别人因欠缺全面思量而判断有误、行为失当时，广府人刻薄些，就说此人"死噉阕"。

最先把西方"封建社会"的概念搬来指称中国古代农耕社会的人，就有"死噉阕"之嫌。

西方的奴隶社会其实是活力四射的，但进入封建社会，统一政权解体后，闭塞的公国林立，加上受神权影响，社会全面停滞不前，就陷入了"千年黑暗"。我们读西方童话，到处有王子、公主，觉得很奇怪。其实不必惊奇。假如现在的佛山市禅城区分为祖庙公国、城门头公国、升平公国……所有街道办事处主任的儿女都是王子、公主，你到百花广场转一圈就可以碰到三五个王子或公主了。

中国绝没有西方那么多的王子、公主。从秦代开始，一直有个大一统政权有效地统治全国，光这一点就毫不"封建"。至于政治、经济、文化各方面，也都和西方封建社会大相径庭。就说经济吧。西方封建时期，经济萧条。而鸦片战争前夕，中国的丝绸、茶叶、瓷器，则把全世界白银主要产地南美洲每年生产的白银一半的数量，通过直接或间接的渠道赚了回来。近代英国以纺织业起家，但在中国打不开市场，要弥补逆差，唯有靠鸦片。林则徐禁鸦片，断其财路，他们就孤注一掷，发动鸦片战争。鸦片战争是强盗来抢银。中国战败，不是"封建制度""封建文化""落后"之错，而是文化人家里防备不周，被强盗入屋打劫。而一百年前有批会摇旗呐喊的人士，把军备不如强盗推演成整个民族放个屁都不如人，这种思维真能体现"死嗷阆"，只是当时大家情绪失控，都没察觉其逻辑错误而已。

2007. 7. 8

风吹竹叶好过吹箫

小时候听一位保姆唱出过这样的粤语歌词："真好笑，住茅寮，风吹竹叶好过吹箫……"

我不知道原作者的本意是否有自嘲的成分，而那位保姆的表情，则显得心态非常平稳，自有一种幸福感。

幸福和幸福感，其实是两回事，而一般人却往往把它们混为一谈。

什么是幸福？是没有标准答案的。"洞房花烛夜，金榜挂①名时"是幸福吗？叫黑旋风李逵来问，他却只认为抢着双板斧在人群里排头儿砍将去是幸福。

是否幸福，只是一种感觉而已。

在大城市里，人们的幸福感很难摆脱物质享受的追求。人们追求着，相互影响着，形成了一个强劲的氛围，几乎要把幸福定义为"物质享受得到充分满足"了。

怎样才算"充分满足"？又是没有标准答案的。如果一个人把幸福观建立在"物质享受得到充分满足"上，他每天就一定浮

---

① 广东人方言中习惯用"金榜挂名"，因为这样两句才合平仄。

躁不安，日间若有所失，夜里噩梦缠绵，充满不幸福感。

　　游客到偏远地区探访山民，往往惊讶于他们在如此简朴的生活中，竟能保持如此乐观的心态。不错，他们只是"住茅寮"，听到的只是"风吹竹叶"，不是名家吹箫，更不可能是歌星的演唱会，但他们脸上写满了欢乐。

　　风吹竹叶为什么可以好听过吹箫？回答这个问题需要有点儿想象力。我们试着放下明知不易得到的物质享受的追求，把心态放平稳，生活中的幸福感也就会浮现出更多的姿采，那时，就不单风吹竹叶，就算是风吹败叶，也会好过吹箫了。

　　决定幸福感的，主要不是物质，而是心灵。

2007. 7. 10

打烂斋钵

1776 年 7 月 4 日，美国《独立宣言》宣布：人人生而平等。我们读史读到这一页，无不欢欣鼓舞，浮想联翩：人人，当然包括"我"；"平等"，当然是"我"和总统、大腕、明星……一律平起平坐，对名流九十度鞠躬的人，对"我"也不应停止于八十九度。

有人乘机博懵，说："只要建立美国那样的制度，自由立刻会有的，平等立刻会有的，民主立刻会有的。"而听到这样美妙的赞词，许多的"我"还会继续推想：高薪立刻会有的，豪华住房立刻会有的，明星级爱人也立刻会有的……

2007 年 12 月 8 日，《南方周末》专题版有篇文章：《揭开华盛顿的老底》。据称，华盛顿，美国国父，蓄奴一直到去世。

原来，用宣言主张"人人生而平等"的美国，连当时的总统也违反这个宣言。此情此景，广府人就会形容，这是"打烂斋钵"。

斋钵是不染荤腥的，斋钵打烂，饭又必须吃，只能用别的钵，于是不免沾了荤腥。广府人眼尖嘴利，然而心肠厚道，见到和尚不守清规，大抵只打趣般说句："打烂斋钵了！"

但厚道不等于不要公道。和尚打烂斋钵，我们嘲笑；总统打烂斋钵，我们同样不客气地给予嘲笑。从这一点上看，广府人其实很主张人人生而平等，很能践行人人生而平等的原则。

　　我听有些人讲美国史，断断续续有几十年的光景了，但从未听过讲华盛顿打烂斋钵的事。那些讲课的人知道了，却不告诉我，他们是用不平等的态度对待我了呀，呜呜……

2007. 7. 15

做磨芯

最通常被指为做磨芯的，是夹在婆媳矛盾中的那位男士。

但那样的男士只是个小磨芯，要找大型号的来说，就说总统吧。

我在《打烂斋钵》里提及华盛顿蓄奴，并非存心把华盛顿往反面人物行列里推，只是不忿于某些人只讲一面不讲另一面的积习，向公众提示一下：华盛顿也有另一面。

历史人物都是复杂的，我们向来习惯于凭一时一事定其人为正面或反面，这样不好。了解历史，是为了丰富对人类社会的认识，积累经验，在千变万化的情景面前，锻炼出一种能透过现象观察本质的本领，不是要炫耀自己认识了多少个正面人物、反面人物。

华盛顿是有苦衷的。他那"人人生而平等"的信念是真诚的，本心并非不想解放黑奴。但是，他务实。他看得见政权内部有一股主张仍旧蓄奴的势力。1793年，已是宣布"人人生而平等"之后第17年了，众议院仍以47：8的票数通过了《逃亡奴隶法案》，认定逃奴和协助逃奴者都有罪。由此可见，那股势力还真的很强大。

人权派是一股势力，蓄奴派是另一股势力，华盛顿正做着其间的磨芯。在一封给友人的信里，他也把这做磨芯的感觉写了出来："在上届国会会期中，虽收到一些要求废除奴隶制的请愿书，但恐难以获得审议。我的确相信，如立即将他们解放出来，必将产生极大不便及不良后果。"挑明着说吧，他是远见到：哪天宣布废除奴隶制，内战就会从哪天开始。试想，假如他把十九世纪六十年代的南北战争之火，提前到十八世纪七八十年代点燃，美国能垒得起那么好的根基吗？华盛顿自己不解放名下的黑奴，是给蓄奴派同事服定心丸哩。

我十分钦佩华盛顿做磨芯的勇气。从他这件事上，我还得到一点启发：该做的事未必一定要现在就动手，现在未动手的事不一定将来也不做。审时度势，是基本功。

2007. 7. 15

185

食得咸鱼抵得渴

咸鱼好下饭，从前的咸鱼价格也较相宜，所以许多广府人都喜欢吃咸鱼。直到如今，一味"咸鱼茄瓜煲"，还是酒楼经常被点的菜。

不过吃了咸鱼下饭，容易觉得口渴。广府人很善于从日常生活细节中总结哲理，看到爱吃咸鱼要耐口渴的事实，就说出这"食得咸鱼抵得渴"，表示对生活哲理的一种领悟：得益是要付出一定代价的，不必埋怨。

年轻时上历史课，老师宣读教材，说汉代不准商人穿高品位的衣服，不准商人坐高等级的车辆，不准商人的家人从政，这是歧视商人。后来经过一些有心人指点，自己也去看看典籍、想想道理，这才恍然大悟：当时的社会管治者，其实只是运用了"食得咸鱼抵得渴"的原理去治国。

古代中国是农耕社会。以农耕解决吃饭问题，就得保证有足够的劳动力放在田野上。但人，总有趋利的倾向，而社会又真的不能缺少商业流通，一定要有个商人阶层。从商既比务农轻松，又容易赚更多的钱，肯定会让人垂涎。如果一下子形成了全民经商的失控状态，农田荒废了，而那时又未能买得到洋面粉，大家挨饿，那就势必酿成天下大乱。汉代精明的管治者，就想出这样的方法：谁想通过经商多赚点钱，可以；但要付出一定的代价，就是：家人不得做官。何去何从，请君自便！这就保证了社会上务农和从商人数的正常比例。

时至今日，我们看到社会上一些不良现象，往往和"官商一体"有关。这时回过头去想想汉代，真不得不佩服当时统治者考虑得周到！

我没做过官，因此不知道现在的官员，从日常生活细节中是否也能体会出一些哲理。如果他们也能深入体味一下"食得咸鱼抵得渴"的道理，不要只想得益不想付出代价，也许会对廉政建设有帮助吧。

2008. 1. 5

雪　柜

　　六十年前，我还没有"电冰箱"的概念。那座不时隆隆作响的制冷保鲜设备，大人给我指称为"雪柜"。

　　我一直不认为"雪柜"的称呼有什么不妥，因此，当听到从北方来的称谓——"电冰箱"时，反而觉得不好理解。

　　按照传统的家具概念，门从横边打开的叫"柜"，盖子从上面揭开的叫"箱"。那座制冷保鲜的家伙，门明明是从横边打开的，按习惯就只能称"柜"，不应叫"箱"。"冰箱"叫得似乎并不准确。

　　这个疑问存在了几十年，直到最近听专家讲家具，我才算终于释疑了。

　　原来，北方在用电器之前，就已经有"冰箱"。"冰箱"的形制完全符合"箱"的概念：盖子从上面揭开。

　　北方冬天结冰，古人把冰藏进深深的地窖，保存到夏天用。在《庄子》里，就有上火要喝冰水的记载。而"冰箱"又是对冰的另一种利用方式：冰镇食品，以利保鲜。后来，"冰箱"得到"电气化改造"，北方人就沿用了"冰箱"的旧称呼，称为"电冰箱"，在"冰箱"头上加个"电"字，其缺点是，仅表示供冷设备有所改变，并不反映把箱盖改成柜门的形制上的改变。

广府地区冬天不结冰，从前没人用过"冰箱"，所以不知曾有"冰箱"这个词。待到电冰箱传入，就很自然地运用了构词法原则，无所沿袭地译之为"雪柜"。

"柜"显然比"箱"用得更有道理，但和"雪"合起来成为"雪柜"，却也有毛病：柜里的制冷物，应是"冰"而不是"雪"。

叫"雪柜"或者叫"电冰箱"，我以为并不需要分出谁对谁错。遇到这一类分歧，我希望大家都能对"异己者"多一点儿理解。而如果再愿意从文化脉络上细细追寻，倒不失为一件有趣的事。

2008.3.13

蛊惑仔

《现代汉语词典》收有"蛊惑"这一词条，解释是"迷惑，毒害"。而广府人说的"蛊惑"，侧重点却在于其人心术不正而以阴谋诡计害人。说某人是"蛊惑仔"，就是指他心术不正，诡计多端，和他打交道，可能被他害得很惨，一定要严防。

指人为"蛊惑仔"，一般是在熟识其人的基础上。看得多了，知道他多蛊惑，才会称他为蛊惑仔。至于有人会说某个初见面的人，"一睇就知佢系个蛊惑仔啦"，那是凭经验和直觉而做出的推断，可能对也可能不对。

"蛊惑"，按原意讲是十分可怕的。隋朝巢元方在《巢氏诸病源候总论》中说："凡蛊毒有数种，皆是变惑之气。"

"蛊毒有数种"，其实是指从毒蛇到细菌、病毒等各种有害事物。古人没有我们所具有的科学知识，但丰富的经验告诉他们，如果有办法掌握这些毒物，并通过适当的渠道"放蛊"，让仇人碰上或沾上，那就可以置对方于死地。而且，其死法，据古书的描写，是"心志惑乱"，"或痛楚难堪，或形神萧索，或风鸣于皮肤，或气胀于胸膛"，终于不治。总之，是让人死于暴虐的瘟疫。"放蛊"的做法，有虚有实，实的，可以说是细菌战的先驱了。

但广府人使用"蛊惑"一词，并不太关注瘟疫与否，而明显重视受蛊者那"心志惑乱"的特征。以阴谋诡计害人的蛊惑仔，是要造成被害者心志惑乱，他才易于得逞的。比如现在的街头骗子，以瞬间可赚大钱为诱饵，这就相当于"放蛊"；而贪心的人上钩，就是受惑；受蛊后，在心志惑乱之中，终于用十万八万元真钞，换回面值达数十亿元的印着阎罗王头像的冥钞之类。以后这人会如何"或痛楚难堪，或形神萧索，或风鸣于皮肤，或气胀于胸腔"呢？"蛊惑"两字，读者如知原意，就能意会受害的惨状。

我回顾大半生，身边的人，正派的多，但也有几个蛊惑仔。我想，读者诸君，情况不会大异的。知人口面容易，知心难。偶有所感，就写下了以上的文字。

2008. 5. 10

博　命

自从容国团说了句"人生能有几回 bo"被记成"人生能有几回搏"之后，"拼搏精神"受到无比礼遇，"搏"字从此成名，写文章的人往往不管该用哪个"bo"，一律写成"搏"。广府人世代相传说的"博命"，见诸传媒乃至词典，都成了"搏命"。

"博命"原本是从"攞命去博"转化来的。这"博"包含一个义项：有如进行一次博弈，胜败未卜，有可能一败涂地；但即使如此，也全力以赴去争取胜利。加个"命"字，只是强调丢命也在所不惜。写成"搏命"，就欠缺"博弈"这个最传神的义项了。

"博命"的对象往往是人。如果被人欺侮，忍受不住，就会大叫一声："我同你博命！"

"博命"也可以形容奋斗的情景："呢回佢去救灾，真系博晒命喇！"

我们老祖宗的传统，很讲究用字的准确无误，因为稍有差池，就会和原意产生距离。古时候，即使是乡村塾师，一再写错别字，被人称为"白字先生"，很快就得卷起铺盖回家了。

至于现在，有多少黑板上的错别字被人见怪不怪，我不知道。只看电视屏幕上的情景，我就感到触目惊心了。即使是中央电视台，在直播与重播庄严的表彰抗震英雄晚会时，打出的歌词字幕中就有这么一句："大爱搏云天。"——不知所云！其实，那"搏"应是"薄"，沿用古汉语的字义："迫近。"全句歌词的意思是：大爱充满整个空间，不是去与天搏斗、与云搏斗。凡"bo"写成"搏"，患的是汉字知识缺乏征。

最后，回到容国团那句话讲一讲。容国团是讲广府话的，我相信他在讲到"bo"时，心中那个字应该不是蛮牛一般的"搏"，而是"博命"的"博"，体现那种在胜败未卜时勇往直前的豪气。

2008. 7. 2

鬼 佬

闭关锁国时代，一般老百姓见不着外国人，特别是白种人、黑种人。后来见到了，骤看之下，体型、眉眼、鼻子、眼珠、皮肤与头发颜色都不顺眼，"似只鬼"！于是，就把他们称为"鬼佬"——如是女的，就叫"鬼婆""鬼妹"。

称人家为"鬼"，多少有点儿不敬；但说惯了，听惯了，年深日久，却变得很平常了。

改革开放之初，经过重新闭关再重新开门，20世纪80年代的年轻人居然也有看"鬼佬"不顺眼的。有位在宾馆负责升降机的工作人员，看到进来的外国人大腹便便，就对身边的朋友说："呢个鬼佬系食乜嘢食到个肚腩恁大嘅呢？"谁知"鬼佬"临出门的时候，竟用纯正的广府话对他说："呢个肚腩系食大米食到恁大嘅。"我估计这是位在香港长大的外国人。

在香港，"鬼佬"们绝不介意人家称他们为"鬼佬"，甚至还可以自称"鬼佬"，恰如内地有人可以自己报上名字是"狗蛋"一样。

见惯就可以不怪。加强了沟通，建立起感情，人种的隔阂也可以逐渐消失。我们都渴望世界大同，而达到世界大同，是需要以广阔胸怀为基础的。

中华文化以"海纳百川"为传统，其胸怀之广阔是讲斗争哲学的人无法想象的。有位历史学家很敏感，在 1973 年说过这么几句话："我所预见的和平统一，一定是以地理和文化主轴为中心，不断结晶扩大起来的。我预感到这个主轴不是在美国、欧洲和苏联，而是在东亚。""中国人和东亚各民族合作……可能要发挥主要作用。"

——这位历史学家是个"鬼佬"——英国人汤因比，很著名。

2008. 7. 3

两头唔到岸

一百四十年前，我祖父像"猪仔"一样被塞进船舱卖到南洋。在海洋上那几十个昼夜里，我可以想象他如何登上甲板，如何眺望远方。远方是水和天。水和天之外，还是水和天。家山在何处？所谓南洋何处？感慨万千，离不了"彷徨无助"四字；而最直观的感受，就是"两头唔到岸"了。

"两头唔到岸"，鲜明、生动、概括、很有艺术品位。我猜多半是由真正的漂洋过海者第一个说出来的。如果他本人不是"猪仔"，也是"猪仔"们的代言人了。

一句有艺术品位的话得到传播，就会出现许多引申、活用。凡处于彷徨无助之境，即使是只遇到区区小麻烦，都可说是"两头唔到岸"。

有一回我就曾"两头唔到岸"：上不了网，赶快打电话向网络公司求助；那边回复一个录音："业务员正忙，请登录……"哎呀哟，我因不能上网而求助，而求得之助竟是：你上网就行了！

落入"两头唔到岸"境地，最需要的是"人道关怀"，哪怕只是个治标不治本的定心丸也好。比方说，我祖父当年在"猪仔"船上，由于展现出勤快的本性，船主就赞他"有出息"，"将来一定能发达"。我相信这颗定心丸对祖父其后的人生会很起作用的。

　　给彷徨无助的人以力所能及的帮助，是做了件好事。某日早晨，我家的石油气炉打不着火，人老糊涂，连检查也不知道该从哪里着手。惶急之下，打电话给燃气公司。对方详细问明情况，逐一指示，终于弄清大概出了什么问题。我和燃气公司人员多次打交道，觉得他们很为客户着想，很贴心。相比之下，某网络公司就有点儿差距了。我想，他们的录音带是不是可以这样改一改："业务员现在很忙，等会儿有空，会按来电号码与您联系的……"我如果听到这样的回复，就会有点儿能靠岸的感觉了。

2008. 10. 2

心肝蒂

心和肝连起来说，别的地方也有，但心肝还有个蒂（读如订），则似乎是广府话的专利。这"蒂"字用得好。试想，一朵花就靠着它的蒂来支撑和供养，蒂毁了，花也就谢了。现在拿一个人的心肝比作蒂上的花，则这蒂的受珍惜程度也就可想而知了。和别处的"心肝儿肉"的说法相比，神韵显然胜出一大截。

被指为某人心肝蒂的，一般情况是：那某人是个长辈，而那"蒂"则是那人的后代。比如，一个宝宝可以是他妈妈的心肝蒂。但更通常的情况，是祖字辈的爷爷、奶奶、外公、外婆视孙子、孙女、外孙、外孙女为心肝蒂。

读中国经典，知道古代宗法制度规定，宗庙里的神主牌和宗族的墓地，都是始祖居中，二世、四世、六世……居左，三世、五世、七世……居右，前者称"昭"，后者称"穆"。这样的昭穆次序安排，据说主要是为了方便计算亲疏，但我想，说其中也有祖孙隔代亲情更深厚的因素，大概也不算说错吧。

现代社会，双职工家庭里，父母对孩子的关照，相对于祖父母辈来说，一般都比较少。特别是老人退休后，无所事事会觉空虚，有孙儿可带，虽然口头上可能会埋怨几句"烦死了，烦死了",但揽了带孙儿的活来干,心中还是乐滋滋的。我们这一代老人,经历过太多苦难,自然很希望自己的孙儿辈能过更舒适、更宽裕的生活。加上又多是独生子女,老人对孙子、孙女们的要求,不管合理与否,都易偏于迁就、满足。这种情景,正是"心肝蒂"现象的特色。

有心肝蒂不是坏事,起码找到个寄托,有利于克服心灵空虚。但不能忘记对"心肝蒂"也要严格要求,切切不可放纵。一放纵,那心肝蒂就可能衍化成"生骨大头菜"了。

什么叫"生骨大头菜"?且听下回分解。

2008. 10. 12

生骨大头菜

种大头菜，是专供腌制用的。趁嫩采来的大头菜，腌制后，清香、爽脆、和味，是佐饭，尤其是佐粥的佳品。

但如果菜农疏忽大意，采集不及时，大头菜在地头超时种植，它的"头"，即被用来腌制供食用的那部分就老了，纤维组织明显硬化了。广府人说话生动，不说它老，说它"生骨"，形容得很到家。试想，原先爽脆的佐饭料，现在一口咬下去，却是纵横一片坚韧筋骨，在牙缝间纠缠，你想放开它，它却不肯放开你，这样的"生骨大头菜"，多烦人！

在广府地区，子弟辈如果显得很刁蛮，就有可能获得"生骨大头菜"的荣誉称号。

"生骨大头菜"的现象其实外地也有。看过四川一位作家的大作，谈及"困难时期"他的一位邻居的故事。这家邻居一对夫妻宠着个三岁孩儿。一夜，孩儿大闹，要吃饼干。父亲跑遍全城买回一袋方块饼干。孩儿听说有饼干，止了哭；不料一见饼干，却又号啕起来："我要圆的，不要方的！"我想，这小孩是应该去报名参加"生骨大赛"的。

自然界的生骨大头菜是种出来的，人群里的"生骨大头菜"

是纵（音种）出来的。"种""纵"，又藏着广府人玩的小聪明。

最容易放"纵"孩子的，是祖字辈那几个人。试看《红楼梦》，贾宝玉顽梗，贾政无奈他何，原因是后面还有个贾母纵着。我看《红楼梦》，是把它当作"人情世故百科全书"看的，完全不理会文学理论家诸如"四大家族"之类的思想指导，只在书里东一鳞西一爪地寻求人生启迪。在理论家眼里，也许我也类同于"生骨大头菜"吧。

2008. 10. 13

煲冇米粥

读过一个外国寓言说，许多人在旅途中野炊，其中一位只在锅里放了石头和水。人们惊讶地问他煮什么，他说是煮粥。周围不乏好心人，好奇之余，还好助人，于是有人提供谷物，有人提供肉屑，最后，这锅粥就煮得很美味了。

外国许多寓言，原产地在哪里，很难说得清。阿拉伯人喜欢讲故事，讲"一千零一夜"却乐此不疲。据一些专家研究，《一千零一夜》里的许多故事就源自中国。

且不论上述寓言是出自哪里，反正广府人不知什么时候就喜欢以"煲冇米粥"来表示这么一种意思：没有把握成功，却可能因得到意外的帮助而获得成功。举例如：

"乜话？拎住一千万银就想搞支足球队？"

"我都系煲住冇米粥先嘛，见步行步啦！"

煲冇米粥，不用说，当然是有成功也有失败的。成功的可能不在于"冇米"，而在于善于去"煲"。试分析一下寓言中那位老兄，他就是个善煲者。陆游儿子想学写诗，陆游教导说："汝果欲学诗，功夫在诗外。"学他讲一句，善煲的功夫首先也在煲外。其他的旅人是否带有多余的谷物和肉，煲冇米粥者要首先做出正确的估计。然后，他必须使自己显得甚有人缘，说话尤其要得体。

中国的足球，我总觉得有点儿像煲冇米粥。中国的"足球人口"是五万分之一，欧美是十五分之一，这就等于宣布中国"冇米"。足协扮演着煲冇米粥的角色，寄望于请到哪位"神奇教练"，像把谷物和肉屑倒进锅里一样，带来贝利、马拉多纳等人的技艺，注入中国足球队，煮出一锅美味的中国足球粥。但可惜他们来时两袖清风，所以煮出的仍然只是冇米粥。

煲冇米粥如想成功，真得"见步行步"：坚持不懈，慎重应对，把握机会，借助一切可能利用的条件开拓未来。要有耐心，先想办法去保证"揾到米"；任何急功近利的做法，都只会叫中国足球死得更难看。

2008. 8. 25

禽　青

　　"禽青"这两个字写出来，假如让讲普通话的朋友看了，恐怕会莫名其妙。但广府人口头禅却常常用到它。一个人要赶时间，急急忙忙走路，旁人会说他"禽青"甚至"禽禽青"。一个小孩吃东西频率太快，旁人也会说它"禽青""禽禽青"。可见"禽青"是用来形容迫不及待的样子的一个词。

　　为什么用"禽青"来形容迫不及待呢？有两种解释。

　　一种解释说，"禽青"是对锣鼓声的拟音。从前最大众化的娱乐项目是"大戏"，大戏台上的武生出场，锣鼓点越来越紧急，而武生的台步也就越走越快。看到人家走得很快，联想起"禽青禽青"的锣鼓点，就产生这"禽青"的词。

　　另一种解释说，"禽青"和舞醒狮有关。醒狮去采青，有"望青""惊青""试青"等诸多程序，如果不按程序认真舞完，快快采了青，就会被人说是"禽青"。

　　我的看法是第一种说法更合情理，"禽青"两字不能从字面含义解释，要从字音去领会。须知，旧社会的底层民众，能受正规教育的很少，底层民众受的教育大多来自戏台。民众的许多观念固然是借助于戏台得以形成的，许多活灵活现的语言也滥觞于戏台。从整个社会背景看去，"禽青"起源于借武生台步锣鼓点的声响描述有人急于赶路，应该是更在情在理的。而第二种说法，实在说不清那"禽"字起什么作用。即使有人说"禽"字通"擒"，同样说明不了问题。我想，如果真有人用"禽青"说过某些舞狮者一些微词，也应该不是最早使用的场合，而更像是先已有了"禽青"，再拿来说他们的。从舞狮者角度看，如果真有"禽禽青"的拙劣表现，肯定是得不偿失的：第二年谁还再请你？因此，"禽禽青"首先出自狮行的可能性并不大。狮行人士如果一定要将"禽青"的出现归于狮行，恐怕也不见得是什么荣耀。

2009.2.16

各处村乡各处例

阿Q认定长凳只能叫长凳，如叫条凳，就错，"可笑"。

广府人这边，类似的说法也有不同的。比如普通话所讲的"那里"，广州人讲"嗰堵"，佛山有些人讲成"阿堵"，顺德有人讲成"阿处掂"，却没有人认为哪一种叫法绝对正确，其他都"可笑"。

如果阿Q屈驾来寻求广府人支持，我想他得到的回答应该是："叫乜唔好唧，各处村乡各处例之嘛！"

广府人的这种平常心，我看是由历史养成的。

三千年前周人得天下之后，他们虽然没有"大一统"的概念，却在事实上追求大一统，以华夏文明为核心，尽量以文化手段同化周边民族。

华夏民族的圣贤本来就无意于"征服"与"掠夺"，而在意于安排全民的心灵秩序与生活秩序。在一个幅员广大的地域，要处理好中央与地方、中心与边疆的关系，不能指望用强力解决问题，所以从周初分封诸侯开始，周天子就谆谆告诫分赴边境地区的叔伯兄弟，"索"要维系王室，而"政"则要尽量照顾当地习俗。这个传统在秦时遭遇到窒碍，但从汉以后却一直成为优秀政治家治国的指导原则。只要边境地区服从中央的主权权威，中央宁愿负担更多的责任，尤其是道德教化的责任。至于当地习俗，一般是不横加干预的。你拜北帝也好，拜妈祖也好，没有人据此来搞运动，将其说是地方主义要加以反对。

广府人一直生活在比较宽松的社会氛围里，从南北朝时期就已经开始和海外展开贸易，对世界的多元性、差异性看得更清楚。连"各个国家各种例"都看惯了，"各处村乡各处例"何足道哉！在广府人的意识里，自己村乡的风俗习惯应该得到尊重，而别处村乡的"例"也应该得到尊重，这是极其自然的事。

2009. 4. 14

拾人口水滋

古语说的"拾人唾余",普通话走大众化之路,表述为"人云亦云",而广府话则致力于保留其"唾余"的神韵,表述为"拾人口水滋"。

先贤教导说,读书最忌拾人口水滋,要自己有所悟,有所阐明,有所发挥。

但是,悟不一定悟得对。而当有权威人士悟得不对时,崇拜权威的人们却往往拾权威人士的口水滋。

不知由哪位权威开了头,说《周易》是"占卜之书",如今这话几成定案。

我以为,有许多人曾用《周易》去占卜,不能因此就称《周易》为"占卜之书",正如许多人曾用刀抢劫,却不能因此把刀也叫作"抢劫之物"一样。

为证明《周易》成书本意不在占卜,我略举两例如下:

一是,公元前603年,郑公子曼满对王子伯廖表达了"欲为卿"的心思,伯廖就对人如此推断曼满的命运:"无德而贪,其在《周易》'丰'之'离',弗过之矣。"伯廖并没有占卜,只是把熟习了的《周易》内容引述出来,用以判断事态发展的规律:

此人命不久矣。

二是，公元前597年，晋先縠违抗统帅撤军之令，率本部渡过黄河向楚军寻衅。知庄子议论说："此师殆哉！《周易》有之，在'师'之'临'。"他的思路是："师"卦强调纪律，而变化成"临"卦，就好像流动的水被壅塞一样。先縠如此不服指挥，孤军出战，有违规律，必败。《左传》的这段文字，也没有说知庄子占卜过。他也是从自己的头脑里把熟习的《周易》内容引述出来用以判断事态的。

由上述两个引例可见，就像我们的革命家要熟习革命导师的著作一样，当年的高层贵族是要把《周易》背得滚瓜烂熟的。革命家随口道出《资本论》《费尔巴哈论纲》《共产党宣言》中的某些名句，然后说，根据导师指示，这事该如何处置；古代高层贵族随口道出"丰"卦、"离"卦、"师"卦、"临"卦，然后说，根据先贤指示，这事会这般这般发展，实乃同一机杼。

经过上述一番思考，在我看来，古圣贤制作《周易》，其意在概括宇宙人生变化的规律，供行事之参考。随便拾人口水溅诋毁《周易》，把古圣贤和三元宫门前的术士等量齐观，错，错，错！

2009.9.6

有冇神心

广府人中意拜神，但向来讲究"有冇神心"。六十多年前，我从一位保姆口中听说："有神心先至得到神保佑；冇神心，就算你点样装香、攞三牲九大簋来拜都系假！"

这观念其实是自古一脉相承的。

据《左传》记载，公元前530年，鲁国的南蒯想发动叛乱，拿《周易》作筮（占卜的一种方式），得到由"坤"之"比"的卦象，循此得到"黄裳元吉"的爻辞。南蒯觉得这是大吉之兆，拿给子服惠伯看，也不告诉惠伯想做的是什么事，只问这卦好不好。惠伯先说："忠信之事则可。不然，必败。"然后分析爻辞"黄裳元"三个字说，每个都要和人品相应才"吉"；如果其人欠缺"忠""恭""善"，只想着去冒险，筮出吉辞，结果也不见得会"吉"。

这么看来，子服惠伯和我所认识的那位保姆，真是英雄所见略同。只不过惠伯用的是贵族说话方式，而保姆是广府最普通的老百姓，说的只是最平易的大白话。加上时代不同，保姆的话带着佛教色彩，因此就用"有冇神心"来表示心肠好坏，而心肠好不好，查实也就是古人讲的忠信不忠信。如此而已。

现在许多人想拿《周易》去占卜，美其名曰"预测"。我讲以上的话，是想建议这些朋友先弄清《周易》的本来面目。

　　《周易》不是专供占卜用的，而是古人为人处世全部智慧的结晶。荀子说"善为易者不占"，意思是指出：《周易》提供的是对思考宇宙人生的全盘性指导。

　　由此推论，某些人如果从整体出发去思考局部，《周易》原理会很管用。

　　但如果某些人还未能达到整体地把握事态的水平，有些具体事该做不该做会犹疑不决。在这种情势下，有人就会拿出《周易》筮一卦以供参考。至于参考意义的大小，关键在于筮卦之人的心术正不正，用大白话讲，就是"有冇神心"。

　　请特别注意：一本《周易》，里面有数不清的"贞"字。"贞"者，正也。你不正，《周易》怎么能起作用呢？

2009. 9. 9

狗上瓦坑有条路

以前的房屋，屋顶盖瓦，斜面上纵行排列，起伏之间形成瓦坑。

人们见惯猫蹲在瓦坑上，却很少见狗上瓦坑。

猫会爬树，跳跃本领比狗高强，猫上瓦坑，"话咁易啦"。

狗没有猫爬树的本领，但如果其中居然有一只站在瓦坑上，人们就觉得不可思议了：它是怎么上去的？

它当然不是空降兵，仍然是从地面逐级攀爬上去的。你看，房子和围墙相连，围墙某个部位又紧靠着一堆柴草或杂物，正好用来"驳脚"。狗儿中哪只萌生了好奇心，一级一级往上跳几下，就到达瓦坑上，可以傲视同侪了——这可不是一条常规的路。

不可思议的现象背后必有出现该现象的道理。

孩子中也有好奇心特别强的，如果条件具备，在他们身上也会出现不可思议的现象。

出类拔萃的孩子当然有其出类拔萃的道理。

除了资质由天赋之外，后天获得的一切素质，都和各种各样的条件有关。社会每日每时传来信息，有些由大人有意转达给孩子，有些则由孩子直接接收而不经大人转达。孩子在生活中遇到的事物、看到的现象、听到的话语，大多在大人的监察之外。而这些随机性很大的信息，都在影响着孩子建立其人格、培育其性情、形成其志趣、进行其思考与实践。

出类拔萃的孩子需要的是更多的随机信息。

在家里被宠惯了的狗、被链子拴着出不了大门的狗，随机信息量小，只会按常规生活，就想也没想过上瓦坑的问题。

在家里被宠惯了的孩子，被长辈各种无形链子拴着的孩子，也是难于出类拔萃的，因为他们得不到供其发展辨析思考能力所必须具备的随机信息量，更得不到实践的机会。

长辈都希望孩子出类拔萃，但长辈通常会犯这样的错误：拿自己的学习经验去规范孩子的学习，却忽略了一件大事：让孩子在某些随机信息的怂恿下，按其天性去思索、去尝试，只要在道德上保持底线，在效果上不出大乱子，就别给予干涉。如此这般利用其好奇心、积极性，是孩子理应受到尊重的成才之路。

狗上瓦坑有条路，这条路绝对不是常规的路，敬请教育工作者和家长们深思。

2009. 10. 9

矜 贵

有难得的货物，店家"吊起来卖"，这货物就"矜贵"了。

比方"增城挂绿"荔枝，就是很矜贵很矜贵的东西。

"增城挂绿"难得，所以价格很高。见到价格很高的东西，说它"矜贵"，可以；但不见得只有价钱很高的东西才可以称为"矜贵"。倘使家里有件传家宝，拿去卖，不见得值多少钱，可是家里人都会觉得它矜贵。——矜贵，不光指物质层面，也指，甚至是更指精神层面：以其贵而自矜。

这样看来，"矜贵"这词很具神蕴。

而广府人则是很能把握着神蕴使用"矜贵"这词的。比如某店家吹嘘自己的商品举世无双，识货的人一看，会一歪头对自己的朋友说："有乜矜贵吖，通街啲嘢都靓过佢啦！"

广府人说"矜贵"，不但用来形容物，而且可以用来形容人。用在正面，可以说："你要矜贵自己至得呀！"

用在反面，又可以说："你估你好矜贵咩？""你摆乜嘢款呀？好似身矜肉贵嗽！"

用在正面时，"矜"字有自重自爱甚至自豪的意味；用在反面时，则有骄傲自大、怕苦怕累的意味。

"矜贵",这个表现力很强的词,是祖先的遗产。《列子》书里就有了的。《列子》一书,最迟出现在晋代,距今一千七百年左右。

但是,这个生命力如此强大的词,在中国社会科学院语言研究所词典编辑室编的《现代汉语词典》里竟然失载了,载有的是一条"金贵",释义是"珍贵,贵重",完全不涉及神蕴。我曾听到某期刊的编辑振振有词地说:"金贵就是像金子那样宝贵,写成金贵,没错!"

"像金子那样宝贵",极具拜金主义"时尚",大概编词典的也是跟着时尚走吧。

但这可害苦了我们广府人了。广府人读"金""矜"两字,字音不同。老祖宗教下来一直讲"矜贵",而现在作为规范语言文字的权威词典,竟等于勒令我们要改成"金贵"——假如改得好,"好过旧时多",我们当然乐于服从;而不幸的是,"金贵"明明比"矜贵"差了许多档次,有如东施硬要来夺西施的位,岂不可恼!

广府话里,像"矜贵"这样的古董还不少。许多在北方话里已经改头换面了的词语,在广府话里还保存着庐山真面目,等待着识宝之人登门拜访哩。

2003.1.20

再说 "矜贵"

在茶楼点上一盅两件，不免和茶客朋友斗斗嘴。前回说罢 "矜贵"，茶客 Y 君即有争议。有争议，要有争议的争议，茶楼才可以热闹起来。因此，在下就来作这争议的争议。

Y 君读书比在下多得多，看过《现代汉语词典》之外，还看了《古汉语词典》，知道前者没有而后者有 "矜贵" 这个词条。这还在其次，还有一条资料是在下梦寐以求的，多谢 Y 君无私赠予了——

在下很想证明："矜贵" 一词是汉语不分地域、不分时代共用的，只是有人不会写，写了别字；古人讲 "矜贵"，今人讲 "jīnguì" 时，也是讲 "矜贵"，而不是讲 "金贵"；同样，南方人如我辈者讲 "矜贵"，北方人讲 "jīnguì" 时，也不是讲 "金贵"，而是讲 "矜贵"。可惜，如上所言，在下读书少，苦苦思索也想不出一个恰当的实例。这回，Y 君随手一指，便提供了据说是高鹗所续的《红楼梦》一百一十六回中那个 "矜贵"。妙极！

高鹗，北方人，毫无疑问；《红楼梦》，两百多年前的作品，也毫无疑问；这实例正好证明，北方人一向也和我们一样，讲 "矜贵" 而不讲 "金贵"。

如下的假设恐怕很难成立：北方人一直到高鹗时都在讲"矜贵"，高氏之后，却忽然大家都不讲了，然后又不知从哪里冒出一个同样发音的词，该写作"金贵"。

如果上述假设真的不能成立，那么就只能承认汉语一直不分南北都讲"矜贵"。既然如此，何以"矜贵"只能藏身于《古汉语词典》而不能现身于《现代汉语词典》呢？历史怎能如此割裂呢？能说《现代汉语词典》编者不是失载吗？

Y君为词典编者辩护说，他们并非使用"调包计"。其实在下也没说他们是掉包，更没说是"调包"——顺便说一句，"调包"原应作"掉包"，写别字的人太多了，编词典的人没办法，不得不勉强予以认同——在下是直斥编者错了，很不讲客气的。情况摆明是编者们根本就忘记了"矜贵"，自己写这个词时就写了错别字。

"矜贵"的确比"金贵"多许多内涵，Y君所列的便有"自视身份高贵""夸耀、骄矜"等，远比"像金子那样贵重"有神蕴。舍"矜贵"而取"金贵"，除了解释为编词典者语言专业功底不足之外，很难有更好的解释了。

说到这里，不妨把初衷向众位茶客透露一下：之所以对"矜贵"被"金贵"取代耿耿于怀、喋喋不休，是因为从这一例联想到许多"逆淘汰"的现象，并不是和语言学界特别过不去。若干年来，在"发展"的烟幕下，我们究竟毁掉了多少有价值的东西？在某些领域我们究竟"转进"了多少公里？试看诗词界，现在得奖的旧体诗词有几首是有诗味的？语言文字还是小事，大者，在某段历史时期里，官场上没文化的淘汰有文化的，学术界炒家淘汰了有真才实学的……思之不免悲凉，一盅提神、两件暖胃之后便发了许多议论。

至于在下认为"矜贵"有怕苦怕累的意味，是从小听身边的人这样用的：见人怕苦怕累，就会指指点点，说："好似佢好矜贵咁！"在下一向认为，这样的说法活生生，有神蕴，而且从词义引申的一般规律想来，这引申也没错。Y君不是也说了："引变（？）出……新义也是常有的事。"既然"矜贵"者"自视身份高贵"，就必有显其身份高贵的行为，而表现之一则是怕苦怕累。在下儿时身边的人没查词典，只凭直觉引申，便有在看到别人怕苦怕累时指他"矜贵"的说法。

2003. 1. 29